Gerhard Brüning

Wotans Wut

Roman

BRUNNEN
VERLAG GIESSEN · BASEL

In dieser Geschichte werden grundlegende Mechanismen sichtbar,
wie in verschiedenen rechtsradikalen Gruppierungen gearbeitet wird.
Dennoch sind Ähnlichkeiten mit lebenden Personen
oder Namensgleichheiten zufällig und nicht beabsichtigt.

www.brunnen-verlag.de
Umschlagfoto: istockphoto.com
Umschlaggestaltung: Sven Gerhardt
Satz: DTP Brunnen
Druck: Ebner und Spiegel, Ulm
ISBN 978-3-7655-3934-3

Inhalt

Meinen Freunden in Israel gewidmet
und denen,
die mit mir dort waren

1. Nächtliche Fahrt

Pfarrer Meinhard Krieger sah auf seine Uhr. „Frank, es wird Zeit, dass ich mich verabschiede. Die Fahrt ist ziemlich lang, und ich möchte nicht am Steuer einschlafen."

Nach vielen Jahren hatten sich die beiden Freunde wiedergesehen. Frank hatte seine zwölfsaitige Gitarre genommen, und sie hatten wie in alten Zeiten zusammen gesungen, Gospels und Lieder, die sie während ihrer gemeinsamen Göttinger Studentenzeit Liedermachern auf den Musik-Festivals abgelauscht hatten.

„Schade", sagte Frank Försterling, „meinetwegen kannst du noch lange bleiben. Es macht Spaß, sich mit dir an die alten Zeiten zu erinnern." Dann meinte er nachdenklich: „Irgendwie waren wir doch idealistische Weltverbesserer mit unserer Begeisterung für diese Lieder."

„Und – sind wir's jetzt nicht mehr?", fragte Meinhard Krieger zurück. „Jedenfalls ist das ein sehr sympathischer Zug an jungen Leuten."

„Na ja, vielleicht hast du recht. Aber man lernt dann doch im Lauf seines Lebens, wie wenig man ausrichten kann. Besser geworden ist die Welt seitdem jedenfalls nicht."

Meinhard Krieger kaute gedankenversunken an der Unterlippe. Dann sah er seinen Studienfreund an. „Das stimmt schon, was du sagst. Dennoch sind wir als Christen Menschen mit Hoffnung, und Hoffnung ist mehr als ein Gefühl. Hoffnung gibt die Kraft zu Taten der Hoffnung."

Frank Försterling lächelte. „Meine Damen und Herren, Sie hörten das Wort zum Montag. – Ach, Meinhard, dein Glaube war immer stärker als meiner."

„Red doch keinen Unsinn!", widersprach Meinhard Krieger. „Aber davon bin ich überzeugt: Jeder Mensch, egal ob Christ oder nicht, sollte dazu beitragen, dass die Welt nicht bleibt, wie sie ist."

Doch jetzt musste er aufbrechen. „Du, es war schön, dich wieder mal zu sehen. Besuch mich bald und bring die Gitarre mit. Dann mischen wir mein Dorf mal mit einem Liederabend auf."

Sie umarmten sich und Meinhard Krieger startete seinen Wagen. Nach seiner Berechnung war es möglich, bis um zehn Uhr zu Hause zu sein. Früh genug, um mit Susanne noch ein Glas Wein zu trinken und ihr von seinem Besuch zu erzählen.

Bei Northeim ging er auf die Autobahn und dachte dabei an seine Studentenzeit. Ob er noch durch Göttingen fahren sollte? Nicht aussteigen, nur mal durchfahren? Doch, so viel Zeit musste sein! So verließ er bei Göttingen-Weende die Autobahn und fuhr von Norden kommend in die Stadt hinein. Da – links von der Straße lag das Theologische Seminar. Das waren damals drei tolle Semester gewesen! Es reizte ihn anzuhalten und auszusteigen, doch die Zeit mochte er sich nun doch nicht nehmen. Zu lang war die Strecke, die noch vor ihm lag. So fuhr er durch die Kasseler Landstraße stadtauswärts und bog wieder auf die Autobahn Richtung Süden ein.

Es war viel Verkehr, er konnte nicht so schnell fahren, wie

er wollte. Erst nach mehr als einer Stunde trat er endlich das Gaspedal durch. Er atmete auf und der Motor sang sein Lied. Es war eintöniger als die Lieder, die er noch am Nachmittag mit seinem Freund gesungen hatte. Meinhard Krieger gähnte. Ob er eine Pause einlegen sollte? Ein Blick auf die Uhr. Nein, wenigstens noch ein Stunde fahren, um ein Stück der Strecke hinter sich zu bringen. Mal sehen, was das Radio brachte.

Meinhard Krieger war eben in einem Überholvorgang, als er ein Geräusch hörte und sein Fahrzeug im selben Augenblick zu schleudern anfing. Er erschrak, trat die Kupplung durch und versuchte, den Wagen durch vorsichtiges Gegenlenken abzufangen. Schweiß bildete sich auf seiner Stirn. Endlich wurde der Wagen zum Glück etwas langsamer. Hinter ihm hupte jemand wie wild. „Ja, du mich auch", schimpfte Meinhard Krieger, sah in den Rückspiegel und steuerte den Standstreifen an. Vorsichtig brachte er den Wagen zum Stehen. Er atmete tief durch und stieg aus. Der rechte Hinterreifen war defekt.

„So ein Bockmist!", schimpfte er. Was war jetzt zu tun? Richtig, erst mal das Fahrzeug absichern mit Warnblinkanlage und Warndreieck und dann erst den Reifen wechseln. Wie ging das? Er hatte seit Jahren keine Reifenpanne mehr gehabt, und den Austausch von Sommer- und Winterreifen besorgte die Werkstatt. Vorsichtshalber holte er das Handbuch aus dem Handschuhfach und sah nach.

Schließlich hatte er das Werkzeug in der Hand und wollte die Radmuttern lösen. Es kostete ihn viel Mühe, bis er die erste Mutter auf den Boden legen konnte. Nur gut, dass wenigstens die Batterien seiner Lampe frisch waren. Es war Ende Februar und schon längst dunkel. Aber die zweite

Mutter wollte und wollte sich nicht lösen lassen. „Los, Meinhard Krieger, du Schwächling!“, feuerte er sich selbst an. Vergeblich. Die Mutter rührte sich nicht einen Millimeter. Er versuchte es noch einmal. Die Hände schmerzten ihm und er keuchte. Nichts! Noch einmal. Nichts zu wollen. Was nicht ging, das ging nicht.

„Auch das noch!“, stöhnte er. Allein schaffte er es nicht. Er brauchte Hilfe. Die nächste Notrufsäule war zweihundert Meter entfernt. Die Frauenstimme klang bedauernd aus dem Kasten. „Es wird jemand kommen. Allerdings ist gerade sehr viel los. Sie werden sich gedulden müssen. Bleiben Sie sicherheitshalber hinter der Leitplanke!“

Rund fünfzig Minuten musste er warten, bis ein Pannenfahrzeug mit gelbem Blinklicht hinter seinem Wagen hielt. Er nutzte die Zeit, um mit seinem Handy Susanne zu verständigen.

„Setz dich nicht unter Stress und mach trotz der Verzögerung genügend Pause“, riet sie ihm. „Es ist besser, du kommst gesund und spät an, als dass noch etwas passiert.“

„Na, dann wollen wir mal!“, sagte der Pannenhelfer, tippte zum Gruß mit dem Zeigefinger an seine Kappe und machte sich ans Werk.

„Zum Kuckuck!“, schimpfte er einen Augenblick später. „Reden Sie mal ein ernstes Wort mit Ihrer Werkstatt. Wie kann man nur die Schrauben derart fest anziehen und nicht ölen? Junge, Junge, ich hab ja schon manches erlebt. Aber das ist die Höhe!“

Er holte ein anderes Werkzeug. Diesmal klappte es.

„Soll ich Ihnen helfen?“, fragte Meinhard Krieger höflich.

„Nee, nee, entspannen Sie sich ruhig. Ich mach das schon. Schließlich ist das mein Job.“

Schließlich war es so weit. Das Rad war gewechselt und Meinhard Krieger konnte weiterfahren. Nun würde es wohl bald Mitternacht werden, bis er im schwäbischen Oberbuchen ankam. Er seufzte und versuchte, seinen Ärger loszuwerden. Es hatte keinen Zweck, sich zu ärgern. Eine Reifenpanne konnte immer mal passieren. Da war nichts zu machen.

Irgendwann merkte er, dass er Hunger hatte. In einer Raststätte trank er ein Glas Cola und aß eine Bratwurst mit Pommes frites. Seine Laune hob sich wieder. Was war schon eine Reifenpanne, auch wenn sie ihn viel Zeit gekostet hatte, gegen das Wiedersehen mit einem alten Freund? „Heute hier, morgen dort" – er pfiff die Melodie, als er wieder seinen Wagen aufschloss.

Warum hatte er in den letzten Jahren nur so wenig Musik gemacht?, fragte er sich selbst, als er Kilometer um Kilometer auf der A 7 Richtung Süden fuhr. Früher als junger Mann gab es keinen Tag, an dem er nicht seine Gitarre in die Hand genommen hätte, und wenn es nur für zehn Minuten war. Man ließ sich vom Alltag viel zu sehr auffressen. Würde man sich mehr Zeit nehmen für die Dinge, die einem Spaß machten, ließe sich manches besser bewältigen. Vielleicht war die Idee mit einem Liederabend mit Frank in Oberbuchen gar nicht so schlecht. In Gedanken begann er, ein Programm für diesen Abend zusammenzustellen, und sang sich das eine oder andere Lied dabei selber vor.

Allmählich wurde er müde. Es war ja auch schon spät. Er öffnete ein Seitenfenster und atmete tief die frische Luft ein. Das half für ein Weilchen. Doch dann registrierte er, dass ihm immer wieder die Augen zufielen. Der berühmt-berüchtigte „Sekundenschlaf" des Autofahrers. Da gab es nur eines: Er musste einen Parkplatz ansteuern, den Sitz klappen und für zehn oder fünfzehn Minuten schlafen. Das hatte bisher immer geholfen.

Endlich kam ein Hinweisschild für den nächsten Parkplatz. Erleichtert nahm er den Fuß vom Gas und setzte den Blinker. Für ein Glas Wein und ein Schwätzchen mit Susanne würde es ohnehin zu spät werden. Außerdem ging Sicherheit vor. In einer Viertelstunde würde er wieder frischer sein, dann konnte die Fahrt weitergehen.

Als er eben den Parkplatz erreichte, stutzte er und war auf einen Schlag hellwach. Im Licht seiner Scheinwerfer sah er drei Männer, die auf etwas am Boden einschlugen und eintraten. Meinhard Krieger schaltete sein Fernlicht ein. Im selben Augenblick rannten die Männer auf ein weiter vorn geparktes Fahrzeug zu und waren Augenblicke später verschwunden. Meinhard Krieger sprang aus seinem Wagen. Auf dem Asphalt lag ein Mann. Sein Gesicht war nicht mehr zu erkennen, es war zu einer blutigen Masse aufgequollen. Er lag verkrümmt im Dreck und stöhnte leise.

„Mein Gott, was haben sie mit Ihnen gemacht?“ Meinhard Krieger war erschüttert. Er lief zu seinem Wagen, holte sein Handy und wählte die Notrufnummer. Als sich die Rettungsleitstelle meldete, sprudelte es nur so aus ihm heraus.

„Schnell, ein Notarzt. Hier ist ein Schwerverletzter an der A 7.“

„Moment, Moment! Wer spricht eigentlich?“

„Ich bin Pfarrer Meinhard Krieger und fahre auf der A 7 Richtung Süden. Ich bin hier an einem Parkplatz.“

„Wo sind Sie genau?“

„Ich weiß es nicht. Ich habe nicht darauf geachtet.“

„Okay, ganz ruhig. Erinnern Sie sich, wie die letzte Ausfahrt hieß oder was die nächste Ausfahrt ist?“

„Ich kann es Ihnen wirklich nicht genau sagen. Aber warten Sie: Die Ausfahrt Bad Brückenau habe ich vor nicht allzu langer Zeit passiert. Das war die letzte oder vorletzte Ausfahrt.“

„Gut, wir kommen der Sache schon näher. Wie viele Verletzte sind es?“

„Ein Mann.“

„Ein Verkehrsunfall?“

„Nein. Ich bin eben auf den Parkplatz gefahren, als ich gesehen habe, wie drei Männer einen anderen zusammengeschlagen haben. Als sie mich sahen, sind sie in einem Auto geflohen.“

Am anderen Ende der Leitung war eine Sekunde lang Ruhe. Offensichtlich musste auch Kriegers Gesprächspartner diese Nachricht erst verdauen.

„Haben Sie etwas erkennen können? Was für ein Fahrzeug ist es? Konnten Sie die Nummer lesen?“

Meinhard Krieger versuchte sich zu konzentrieren. „Es war ein größerer Pkw, dunkle Farbe. Mehr habe ich in der Kürze der Zeit nicht erkannt. Ich kann Ihnen die Nummer des Autos nicht sagen.“

„Gut, bleiben Sie bei dem Verletzten. Im Zweifelsfall machen Sie lieber nichts. Tun Sie nur, was Sie ohne Risiko tun können.“

Meinhard Krieger ging wieder zu dem Verletzten. Ob der Mann innere Verletzungen hatte, konnte er nicht erkennen. Er nahm ein frisches Papiertaschentuch und versuchte, das Gesicht ein wenig zu reinigen. Ein verstärktes Wimmern war die Folge. Er ließ den Versuch sein.

Er fing an zu beten und betete laut, sodass ihn der Verletzte hören konnte. Wenn nur endlich der Notarzt käme! Ein Blick auf seine Uhr.

Er betete laut weiter. Was hätte er sonst tun können? Außerdem hatte er den Eindruck, dass das den Verletzten beruhigte. Er glaubte, aus dem Wimmern und Stöhnen ein „Gut!" gehört zu haben. Endlich hörte er in der Ferne das Geheul eines Martinshorns. Eine halbe Minute später hielt ein Polizeiwagen auf dem Parkplatz, drei Minuten später der Notarztwagen.

„Gut, dass Sie kommen", sagte Meinhard Krieger und merkte nicht, dass er diesen Satz mehr geschluchzt als gesprochen hatte.

„Ganz ruhig", sagte ein Polizist, „wir sind ja jetzt da. Es wird alles gut werden. Atmen Sie tief durch. So ist es recht. Kann ich Sie jetzt etwas fragen? Sie sind Herr Krieger?"

Meinhard riss sich zusammen. „Ja, natürlich. Entschuldigen Sie, aber das kam alles so unerwartet."

„Ich verstehe schon. Das war ja auch ein gewaltiger Schreck für Sie. Versuchen Sie sich zu konzentrieren. Es waren drei Männer, sagten Sie am Telefon. Ist Ihnen an denen etwas aufgefallen? Können Sie sie beschreiben?"

„Nein, es war dunkel und es ging alles sehr rasch."

„Und das Fluchtfahrzeug?"

„Ich meine, es hatte eine dunkle Farbe. Warten Sie – den Wagentyp habe ich nicht erkannt, aber es scheint wohl ein älteres Modell gewesen zu sein. Irgendwie sehen die Autos heute etwas anders aus." Er überlegte einen Augenblick und versuchte, sich die schreckliche Szene noch einmal zu vergegenwärtigen. „Ich glaube, einer hatte eine Glatze. Es könnte auch sein, dass ein vierter Mann im Auto am Steuer geblieben ist. Jedenfalls fuhr das Auto schon los, als die drei kaum eingestiegen waren."

Meinhard wurde für einige Minuten in Ruhe gelassen,

weil die Polizisten mit ihrem Funkgerät beschäftigt waren. Er sah, wie der Notarzt sich um den Verletzten kümmerte. Ein Krankenwagen traf ein. Sein blaues Blinklicht blendete ihn.

Ein Polizist wandte sich wieder an ihn. „Wir brauchen jetzt Ihre Personalien. Kommen Sie bitte zu unserem Wagen mit."

Während der ganzen Rückfahrt sah Meinhard Krieger die gespenstische Szene des Schlagens und das blutige Gesicht des Mannes vor sich, der am Boden gelegen hatte. Es war drei Uhr morgens, als er den Wagen im Hof abstellte. Susanne war längst ins Bett gegangen. Sie schnarchte leise, als er das Schlafzimmer betrat. Er hätte sie gern geweckt, aber er ließ es sein.

Sie erschrak, als er ihr am nächsten Morgen von seinen Erlebnissen berichtete. „Mein Gott, Meinhard, was steckt wohl hinter dieser Geschichte?"

Er zuckte mit den Achseln. „Ich weiß es nicht. Ich habe auch nichts gesehen, was mir einen Anhaltspunkt geben könnte."

Susanne schwieg. Nach einer Pause sagte sie: „Du weißt, ich glaube nicht an Zufälle. Warum hat Gott dir das gezeigt?"

Wieder zuckte er mit den Achseln. „Ich habe für den Mann laut gebetet. Mehr konnte ich nicht tun."

„Vielleicht ist das die Antwort, Meinhard."

Zwei Tage später standen zwei Kriminalbeamte vor seiner Tür. „Ich bin Kommissarin Neidling und das ist Kriminalhauptmeister Kloth. Im Auftrag unserer bayerischen Kollegen haben wir noch ein paar Fragen an Sie." Sie setzten sich auf die Couch in seinem Amtszimmer.

„Herr Krieger, Sie haben ja Ihre erste Aussage in jener Nacht auf dem Parkplatz gemacht. Ist Ihnen in der Zwischenzeit noch etwas eingefallen? Weitere Details, an die Sie sich erinnern?"

Meinhard schüttelte den Kopf. „Nein, ich glaube nicht, obwohl ich seit jenem Abend immer wieder daran denke."

„Überlegen Sie", sagte die Kommissarin, „jede Kleinigkeit könnte von Bedeutung sein. Ist Ihnen an den Männern etwas aufgefallen?"

Wieder schüttelte er den Kopf. „Nein, es ging alles so schnell. Es war dunkel, und ich war ja auf die Situation überhaupt nicht vorbereitet."

Die Kommissarin ließ nicht locker. „Können Sie wenigstens über einen etwas mehr sagen? Ist Ihnen einer besonders aufgefallen? Waren die Männer groß oder klein? Alt oder jung? Hatten sie vielleicht eine auffällige Kleidung an?"

Meinhard schloss die Augen und versuchte, sich die Szene noch einmal ins Gedächtnis zu rufen. „Jetzt, wo Sie fragen, fällt mir was ein. Ich glaube, ein Mann hatte eine Glatze. Und dann war da einer, der war ein Riesenkerl. Baumlang und außerdem sehr breit. So ein richtiger Kleiderschrank von einem Mann. Hatte ich das nicht zu Protokoll gegeben?"

Die Kommissarin verneinte.

„Das tut mir leid", sagte Meinhard Krieger, „ich mache mir Vorwürfe, dass mir das nicht schon früher eingefallen ist."

„Sie standen unter Schock. Niemand macht Ihnen einen Vorwurf. Deswegen sind wir ja hier. Es ist oft so, dass einem später noch etwas einfällt. Zum Fluchtfahrzeug können Sie nichts mehr sagen?"

„Nein, es stand weiter weg. Ich habe das Auto nicht erkannt. Ich sagte bereits, dass es wohl ein älteres und größeres Auto war. Wenn ich Ihnen nur sagen könnte, was für ein Wagentyp es war!"

„Haben Sie die Farbe des Fahrzeugs erkennen können?"

Meinhard schwieg einen Moment. „Es war eine dunkle Farbe. Möglicherweise ein dunkles Rot."

Die Kommissarin lächelte ihm ermutigend zu. „Sehen Sie, Sie können doch noch einiges beitragen. Sie sagten, es sei ein größeres Fahrzeug gewesen. Ein Lieferwagen?"

Er schüttelte den Kopf. „Nein, nein, es war ein Pkw. Es war auch kein Kombi. Aber da fällt mir was anderes ein, einer der Männer hatte etwas in der Hand, einen Knüppel vielleicht oder einen Baseballschläger."

Der Kriminalhauptmeister machte sich Notizen. „Fällt Ihnen noch mehr ein?"

Krieger überlegte einen Augenblick lang. „Nein, mir fällt nichts mehr ein. Beim besten Willen nicht."

Die Kommissarin erhob sich. „Gut, dann danken wir Ihnen. Ich lasse Ihnen meine Karte da. Sie können uns jederzeit anrufen, wenn Sie sich an weitere Einzelheiten erinnern. Auf Wiedersehen!"

„Moment bitte", sagte Meinhard Krieger, „erlauben Sie mir noch eine Frage. Wie geht es dem Mann, den ich verletzt gefunden habe? Ist er auf dem Weg der Besserung?"

„Herr Krieger", sagte Kommissarin Neidling leise, „der Mann ist noch in derselben Nacht an seinen Verletzungen gestorben. Sie sind Zeuge eines schweren Verbrechens geworden."

Meinhard Krieger schluckte. Das, woran er nicht zu denken gewagt hatte, war eingetreten. Er holte tief Luft. „Das ist ja fürchterlich“, sagte er mit heiserer Stimme.

„Nun“, schaltete sich der Kriminalhauptmeister ein, „das Ganze ist noch nicht klar. Unsere bayerischen Kollegen stehen noch ziemlich am Anfang ihrer Ermittlungen. Noch kennt man den Hintergrund der Geschichte nicht. Juristisch gesehen ist von einer Körperverletzung mit Todesfolge bis zu einem Mord alles möglich.“

„Kloth“, sagte die Kommissarin heftig, „alle diese juristischen Unterschiede machen den Mann nicht mehr lebendig.“

Vor der Haustür zündete sich Kloth eine Zigarette an. „Na ja“, meinte er, „ist ja nicht gerade viel, was wir den bayerischen Kollegen melden können.“

Die Kommissarin zuckte die Achseln. „Konnten wir mehr erwarten? Er hat sich redlich Mühe gegeben. Und wenn Sie mitten in der Nacht todmüde auf einen Parkplatz fahren und von so einer Situation überrascht werden, würden Sie dann mehr sehen? Betrachten Sie's mal andersrum: Was wüsste die Polizei ohne die Aussage dieses Pfarrers?“

2. Der Lukasbauer

Jubilare zum Geburtstag zu besuchen, gehörte nicht unbedingt zu Meinhards Lieblingstätigkeiten als Pfarrer. Andererseits war es eine gute Gelegenheit, zumindest die älteren Gemeindeglieder kennenzulernen, oft genug traf man dabei auch die Familienangehörigen. Heute feierte ein alter Landwirt seinen fünfundachtzigsten Geburtstag. Die Leute redeten von ihm als vom „Lukasbauern". Meinhards Mesnerin hatte ihn am Sonntag nach dem Gottesdienst darauf angesprochen.

„Diese Woche müssen Sie zum Lukasbauern, Herr Pfarrer. Da bin ich ja gespannt, wie es Ihnen dabei geht."

„Wie meinen Sie das, Frau Schober?" Er sah sie überrascht und etwas verwirrt an. Was hatte das jetzt zu bedeuten?

„Lassen Sie sich überraschen. Sie werden schon sehen." Sie lächelte in sich hinein und ließ sich keine weiteren Bemerkungen entlocken.

So war Meinhard neugierig, als er an der Haustür des Lukasbauern klingelte. Er hatte den alten Mann – zwar nicht in der Kirche, sondern immer nur im Dorf – schon öfters gesehen. Trotz seines Alters schien er ständig zu arbeiten. Noch wenige Jahre zuvor hatte er eine kleine Landwirtschaft betrieben. Nun war er dafür doch zu alt geworden. Stattdessen arbeitete er im Garten hinter seinem Haus, versorgte die Hühner, die er sich noch hielt, und fand immer wieder etwas zum Reparieren. „Des isch an Schaffer!", sagten die Leute und machten ihm damit das höchste Kompliment, das man in einem schwäbischen Dorf bekommen kann.

Der Lukasbauer öffnete die Tür. „Herr Pfarrer, kommet Se rei!“ Er redete ein sehr breites Schwäbisch. Im Wohnzimmer wartete die Bäuerin. „So, Herr Pfarrer, das ist aber recht, dass Sie uns besuchen.“

Meinhard gratulierte dem Mann, dann nahmen sie am großen Wohnzimmertisch Platz.

„Tja, Herr Pfarrer“, begann der Lukasbauer die Unterhaltung, „unser Land ist in einer schwierigen Lage. Heute gibt es keine gescheiten Politiker mehr. Die wirtschaften alle nur in die eigene Tasche, während Deutschland am Boden liegt. Ich sage Ihnen eines: Nur die Arbeit kann uns retten.“ Dabei sah er seinen Besucher herausfordernd an.

Meinhard Krieger lächelte und sagte: „Meine Aufgabe ist es, den Menschen zu sagen, dass nur Jesus Christus sie retten kann.“

„Dann will ich Ihnen noch etwas sagen. Wenn Ihr Jesus eine Jude ist, dann ist er für mich gestorben.“

„Stimmt“, erwiderte Pfarrer Krieger, „genau das sagt das Evangelium auch.“

„Sie verstehen mich falsch, Herr Pfarrer. Wenn der Jesus ein Jude ist, will ich mit ihm nichts zu tun haben.“

Meinhard erinnerte sich, was seine Mesnerin zu ihm gesagt hatte. Dennoch hatte er mit einem solchen Frontalangriff nicht gerechnet. Er versuchte, seinen aufkommenden Ärger zu unterdrücken. „Herr Moser, Jesus war aber Jude. Ich wüsste auch nicht, was daran schlimm sein sollte.“

„Sie wissen gar nichts“, schnaubte der alte Mann, „mit einem Juden will ich nichts zu tun haben. Aber wissen Sie“, er senkte etwas die Stimme, „Jesus war gar kein Jude. Er war ein Arier. Das ist wissenschaftlich bewiesen.“ Wieder sah er mit funkelnden Augen seinen Besucher an.

Krieger war ein geduldiger Mensch, doch wenn es um seine Überzeugungen ging, konnte er auf unerbittlich schalten. „Herr Moser, ich kenne diese These vom arischen Jesus. Sie ist dennoch falsch, auch wenn Sie daran glauben. Eines vielleicht gar nicht so fernen Tages werden Sie ihm gegenüberstehen. Ich würde mir an Ihrer Stelle überlegen, ob Sie auf dem Satz beharren, dass Sie mit ihm dann nichts zu tun haben wollen."

Das war ziemlich massiv und entsprach nicht der Art, wie er gewöhnlich mit Gemeindegliedern umging, auch nicht mit schwierigen, aber Meinhard Krieger dachte sich in diesem Augenblick, dass auf einen groben Klotz auch ein grober Keil gehörte. Der alte Bauer sah ihn grimmig an. „Herr Pfarrer, es waren leider nur zwölf Jahre, in denen Deutschland auf dem richtigen Weg war."

„Wie bitte?" Meinhard Krieger glaubte nicht richtig gehört zu haben. „Auf dem richtigen Weg? Wissen Sie, was Sie da sagen?" Seine Stimme zitterte vor Erregung und Fassungslosigkeit. Sollte er einen handfesten Streit riskieren? Warum forderte ihn der alte Mann mit solch hanebüchenen Ansichten heraus?

„Ich weiß, was ich sage", rief der Lukasbauer, und seine Augen funkelten herausfordernd. „Es mögen damals Fehler gemacht worden sein, aber wir waren auf dem Weg, uns auf uns selbst zu besinnen. Wir sind uns unserer Rasse neu bewusst geworden."

Der Pfarrer schwieg und überlegte, welches Verhalten jetzt am besten war. Sollte er gehen?

Die Bäuerin legte sich ins Mittel. „Wilhelm, du wirst dich doch an deinem Geburtstag nicht mit dem Herrn Pfarrer streiten wollen!"

Der alte Mann lenkte ein. „Du hast recht, Marie. Herr Pfarrer, trinken Sie einen Schnaps?"

„Gern, Herr Moser", sagte Meinhard Krieger und dachte im Stillen: Den Schnaps kann ich jetzt gut gebrauchen.

Die Bäuerin schenkte einen selbst gebrannten Obstschnaps ein. Sie prosteten sich zu. Er schmeckte weicher, als Krieger befürchtet hatte. „Kompliment!", sagte er. „Der ist Ihnen gut geraten."

„Marie, schenk dem Herrn Pfarrer noch einmal ein. Wissen Sie, Herr Pfarrer, Sie gefallen mir."

Meinhard Krieger war überrascht. Nach der Auseinandersetzung vor zwei Minuten kam das doch unerwartet.

„Herr Pfarrer, Sie irren sich zwar gewaltig, Jesus war kein Jude. Das wäre ja auch noch schöner! Aber wenigstens stehen Sie zu Ihrer Meinung. Ihr Vorgänger war mit mir zwar auch nicht einverstanden, doch hat der immer nur rumgedruckst. Prost, Herr Pfarrer!"

Beim Abschied drückte ihm die Bäuerin noch einen Karton mit zehn Eiern in die Hand. „Die nehmen Sie Ihrer Frau mit."

Als Meinhard nach Hause kam, begrüßte ihn Susanne mit einem Kuss. Dann schnupperte sie. „He, he, der Herr Pfarrer hat eine Fahne. In welcher Spelunke hast du schon am frühen Morgen gebechert, du Säufer?"

„Ich war in einem arischen Haushalt, wo Jesus blond und blauäugig ist", sagte er trocken. „Das war der verrückteste Besuch, den ich je gemacht habe, und wahrscheinlich auch einer der schwierigsten."

„Na, erzähl mal!" Als er seinen Bericht beendet hatte, sah sie ihn ziemlich fassungslos an. „Ach du meine Güte! Hoffentlich gibt es nicht noch mehr Leute dieser Sorte in unserer Gemeinde. Aber ich finde, du hast dich gut gehalten."

Der Besuch, der am Nachmittag anstand, war von anderer Art. Auch hier war es ein alter Mann, der Geburtstag hatte. Krieger hatte ihn bisher nicht kennengelernt und auch nie im Gottesdienst gesehen.

„Kommen Sie rein, Herr Pfarrer. Trinken Sie einen Kaffee?"

„Gern, Herr Schlotterbeck. Wie geht es Ihnen?"

„Man wird älter. Bald trete ich die letzte Reise an. Vielleicht werden Sie die Beerdigung halten. Beinahe schade, dass ich Sie dann nicht predigen hören kann."

„Oh, das Vergnügen können Sie schon am nächsten Sonntag haben!" Krieger lächelte.

Hans Schlotterbeck schüttelte den Kopf. „Die Leute sagen, dass Sie ein netter Kerl sind, aber ich meine, mit mir und dem lieben Gott wird das nichts mehr."

„Sagen Sie das nicht", sagte Meinhard Krieger in freundlichem Plauderton, obwohl der Seelsorger in ihm hellwach geworden war. „Gott hat Geduld, man ist bei ihm nie zu alt oder zu spät dran."

Wieder schüttelte der Alte den Kopf. „Was soll Gott mit einem Mann wie mir anfangen, der sein Leben lang sozialdemokratisch bis auf die Knochen war und nie den Weg in die Kirche gefunden hat? – Na ja, konfirmiert wurde ich. Aber das ist schon lange her."

„Ob Sie es glauben oder nicht", lächelte er, „aber Gott liebt auch Sozialdemokraten."

„Vielleicht, Herr Pfarrer, aber mich? Ich bin nicht so brav gewesen wie andere Leute."

„Es geht nicht ums Bravsein, Herr Schlotterbeck. Gott vergibt den Sündern."

„Ach, Herr Pfarrer, was wissen Sie von meinem Leben."

Das war mehr eine Feststellung als eine Frage. Der Klang der Stimme verriet das deutlich.

„Erzählen Sie mir davon, wenn Sie möchten."

„Nein. Lassen wir das. Sagen Sie mir lieber, wie es Ihnen hier gefällt. Rauchen Sie? Ich habe hier gute Zigarillos."

„Ich bin Pfeifenraucher."

„Dann holen Sie Ihre Pfeife aus der Tasche. Jetzt qualmen wir mal richtig die Bude voll. Die Gelegenheit, dass meine Frau beim Einkaufen ist, muss ich ausnutzen. Also, Herr Krieger, Sie sind mit Erzählen dran."

Meinhard Krieger sagte, dass es ihm ganz gut gefalle, und schilderte einige harmlose Eindrücke von den Dörfern Ober- und Unterbuchen und Bartelsweiler, die sich zur Gesamtgemeinde Waldenstetten zusammengeschlossen hatten und seine Pfarrei bildeten.

„Und kommen Sie mit den Leuten klar?" Der alte Mann sah seinen Besucher aufmerksam an.

Ob es der Blick oder der Unterton in der Stimme war: Meinhard Krieger spürte, dass die Frage nicht so harmlos war, wie sie klang.

„Bisher schon. Man ist nett zu mir. Ich kann mich nicht beklagen."

„Hoffen wir, dass es so bleibt, Herr Pfarrer. Wissen Sie, ich habe einen großen Fehler gemacht."

Meinhard Krieger spitzte die Ohren. In dem alten Mann ging etwas vor. Vielleicht würde er doch noch anfangen zu sprechen.

„Welchen Fehler?", setzte er nach.

„Ich bin hier groß geworden und habe natürlich jeden gekannt. Dann kam der Krieg, und sie haben mich nach Russland geschickt. Als ich 1947 aus der Gefangenschaft entlassen wurde, kam ich wieder hierher. Es war meine Heimat. Meine ältere Schwester lebte hier mit ihrer Familie, und meine Mutter war auch noch da. Mein Fehler war, dass ich in Oberbuchen hängen geblieben bin. Ich hätte mein Leben nach 1947 woanders verbringen sollen."

„Wie meinen Sie das?", fragte der Pfarrer vorsichtig.

„Es gibt zu viel Lüge hier, zu viel Dreck, den man unter den Teppich gekehrt hat. Wenn man hier leben will, muss man das Maul halten. Nein, ich hätte woanders leben sollen. Da hätte ich wenigstens die Leute nicht gekannt."

„Ich verstehe Sie noch nicht ganz. Sie sprechen von Lüge und Dreck. Erklären Sie mir das bitte."

Der Jubilar atmete schwer. „Nein, das werde ich nicht tun. Entweder Sie bekommen es selbst heraus, und dann kann es schwierig für Sie werden, oder, was besser wäre, Sie wissen es nicht und bleiben einfach ein netter Pfarrer, den die Leute gernhaben. – Herr Krieger, Sie sollten Ihre Frau nicht warten lassen. Danke, dass Sie mich besucht haben."

Draußen holte Meinhard Krieger tief Luft. Das Gespräch und der plötzliche Abschied gingen ihm nach. Was hatte Hans Schlotterbeck wohl gemeint? Er sah die Häuser, die Dorfstraßen und etwa vierhundert Meter entfernt „seine" Kirche. Irgendwie erschien ihm das alles fremder als vorher. Welchen Dreck hatte man unter den Teppich gekehrt? Er musste es herausfinden. Sein Instinkt warnte ihn, dass er dabei vorsichtig sein musste.

Andererseits – wer sagte denn, dass hinter diesen Worten tatsächlich so viel steckte? Es konnten ja auch nur die Gefühle eines resignierten alten Mannes sein, der einigen Erlebnissen in seiner Erinnerung einen höheren Stellenwert beimaß, als ihnen tatsächlich zukam. Nein, Meinhard Krieger durfte sich nicht einfach die Sicht dieses Mannes auf das Dorfgeschehen zu eigen machen.

Dann fiel ihm ein, dass seine Pfeife immer noch auf dem Tisch von Hans Schlotterbeck lag. Er konnte umkehren und sie holen. Aber das tat er nicht. Die Pfeife war ein willkommener Anlass, den Mann in nächster Zeit noch einmal zu besuchen. „Hans Schlotterbeck, du wirst mir noch mehr erzählen müssen. Vielleicht bringe ich dich ja doch noch zum Reden, bevor du mich wieder zu meiner Frau schickst."

„Susanne, Waldenstetten ist mir heute fremd geworden", sagte er, als er zu Hause war. Susanne hatte gerade andere Sachen im Kopf als die Sorgen ihres Mannes.

„Hauptsache, du kennst mich noch, mein lieber Meinhard", sagte sie. Seine Antwort bestand aus einem Brummen.

Als er spätabends den Fernseher ausschaltete, um ins Bett zu gehen, suchte er seine Frau. Er fand Susanne vor ihrem PC sitzend. „Was ist?", fragte er. „Es ist spät. Kommst du nicht?"

„Einen Moment noch", sagte sie, und er hörte an ihrer Stimme, dass er sie störte. „Ich komme gleich. Ein paar Minuten dauert's noch."

„Was hast du denn da Interessantes?", wollte er wissen.

Sie sah vom Bildschirm hoch. „Du, Meinhard, mich hat nicht losgelassen, was du mir vom Lukasbauern erzählt hast. So von wegen ‚unserer Rasse bewusst werden' und so. Da habe ich im Internet einfach mal ein paar entsprechende Begriffe in die Suchmaschine eingegeben. Unglaublich, wer sich da alles im Netz tummelt. Es sind erschreckend viele, die so wie dein Gemeindeglied denken."

„Na ja", sagte er resignierend, „es war kaum anzunehmen, dass der alte Herr einsam und allein mit seinen Ansichten seit 1945 überwintert hat. Mir ist schon aufgefallen, dass immer wieder fremde Autos vor seiner Tür stehen. Ich habe keine Ahnung, ob das Leute aus seiner Verwandtschaft sind oder Freunde und Gesinnungsgenossen. – Was hast du gerade auf dem Bildschirm?“

„Schau mal, Meinhard, ich habe hier eine Abhandlung über den alten germanischen Gott Wotan auf dem Bildschirm. Willst du mal sehen?“

Er gähnte. „Ein anderes Mal vielleicht. Mein Bedarf an Rasse und Germanentum ist für heute gedeckt. Und was habe ich mit Wotan zu tun?“

3. Ein Sohn des Dorfes

Die nächste Zeit war nicht sehr geeignet, hinter die Geheimnisse der drei Dörfer Ober- und Unterbuchen samt Bartelsweiler zu kommen. Meinhard Krieger hatte viel zu tun. Die Konfirmation rückte näher. Außerdem hatte es Halbjahreszeugnisse gegeben. Dabei war offenbar geworden, dass der Umzug nach Waldenstetten den beiden Pfarrerskindern Miriam und Jonas nicht sehr gutgetan hatte, zumindest schulisch gesehen. Sie hatten zwar rasch Anschluss bei ihren Mitschülern gefunden, kontaktfreudig, wie sie waren. Aber ihre Schulnoten hatten eine deutliche Tendenz nach unten. Susanne und Meinhard Krieger verbrachten einige Zeit in den Sprechzimmern bei ihren Lehrern.

Dafür hatte sich der Winter endgültig verabschiedet. Es wurde milder, erstes, zartes Grün bedeckte die Wiesen. Vom

Pfarrhaus in Oberbuchen konnte man den Albtrauf, den steilen Nordanstieg der Schwäbischen Alb, sehen. Die weißen Kalkfelsen leuchteten im Sonnenschein.

Als Meinhard Krieger an einem Vormittag durch Oberbuchen ging, fiel ihm in der Dorfmitte ein älterer Mann auf, der sich fragend die verschiedenen Häuser ansah. Krieger ging auf ihn zu.

„Kann ich Ihnen helfen? Es sieht so aus, als ob Sie etwas suchen?"

Der Fremde lüftete höflich seinen Hut und musste aufschauen. Meinhard Krieger war mit einem Meter achtzig nicht außergewöhnlich groß. Der Mann reichte ihm aber nur bis zum Kinn.

„Vielen Dank, aber ich befürchte, Sie sind zu jung, um mir die Fragen zu beantworten, die ich mir gerade stelle. Nichts für ungut, wenn ich das so sage."

Der Mann sah das Erstaunen in Kriegers Gesicht und lächelte. „Ich bin Ihnen wirklich sehr verbunden, mein Herr. Sie sind sehr liebenswürdig. Aber zu der Zeit, als ich hier gelebt habe, war an Sie noch nicht zu denken. Wissen Sie, ich versuche mir vorzustellen, wie das alles hier ausgesehen hat, als ich ein Junge war. Und das ist, wie Sie sich unschwer denken können, doch schon ziemlich lange her. Na ja, in fünfundsechzig oder bald siebzig Jahren verändert sich viel. Ich habe mich ja auch verändert. Früher war ich doch etwas hübscher und ich hatte erheblich mehr Haare auf dem Kopf. Dafür hat sie meine Frau heute auf den Zähnen. So gleicht sich alles wieder aus."

Meinhard Krieger lächelte amüsiert. „Dann bin ich wirklich der falsche Gesprächspartner für Sie. Ich wohne erst seit einem guten halben Jahr hier."

Der Mann breitete die Hände aus. „Hauptsache, es gefällt Ihnen. Es ist ja auch nicht so wichtig, wenn ich mich nicht an alles erinnere. Immerhin“, er drehte den Kopf und wurde etwas nachdenklich, „die Apotheke steht noch. Es war damals schon eine Apotheke. Nur sieht sie heute natürlich viel moderner aus. Die Schaufenster sind größer und schöner. Aber auch nur aus Glas. Glas ist zerbrechlich.“

Krieger rätselte noch, was der letzte Satz bedeuten sollte, als der ältere Herr wieder lebhaft wurde. „Die evangelische Kirche hat sich zumindest von außen nicht so sehr verändert, nur der Anstrich ist heller und – hören Sie mal den Glockenschlag!, der klingt auch noch wie zu meiner Zeit.“ Wieder wurde er nachdenklich. „Jeden Tag habe ich die Glocken gehört. Da, wo ich jetzt wohne, sind Glocken eher selten. Komisch, da stellt man fest, wie sich alles verändert hat, und auf einmal stößt man auf etwas, das genauso ist wie früher.“

Kriegers Neugier war geweckt. Wer war dieser Mann? Er machte ihm ein Angebot. „Wollen Sie mal in die Kirche hineinschauen und überprüfen, ob und wie sie sich innen verändert hat?“

„Ja, geht das denn?“, fragte der alte Mann erstaunt. „Normalerweise sind evangelische Kirchen doch an Werktagen geschlossen.“

„Das ist kein Problem. Ich habe den Kirchenschlüssel bei mir. Mein Name ist Meinhard Krieger, ich bin der evangelische Pfarrer hier.“

Wieder lüftete der Mann seinen Hut. „Es ist mir eine Ehre, Herr Pfarrer. Ihr Angebot nehme ich mit Freuden an. Auf was warten wir noch? Ich bin schon sehr neugierig.“

Meinhard Krieger beobachtete mit innerem Vergnügen, wie sein Gast lebhaft seine Eindrücke schilderte.

„Da drüben auf dieser Seite war damals eine Empore. Na, ohne sieht das viel besser aus. Gut gemacht! Und da drüben stand der große Ofen, der im Winter fürchterlich gequalmt und gestunken hat. Der Kirchendiener musste im Winter schon am frühen Sonntagmorgen den Ofen heizen. Ach ja, und hier ist Mose zu sehen.“ Er zeigte auf eine Schnitzerei an der alten Kanzel. „Mose mit den Gesetzestafeln in der Hand, die ihm der Herr auf dem Sinai gegeben hat. Na, die Leute haben sich nur nicht so gern an die Gebote gehalten. Das war damals so, das ist heute so. Oder sind die Menschen besser geworden? Was meinen Sie, Herr Pfarrer?“

„Das Trachten des menschlichen Herzens ist böse von Jugend an“, zitierte Krieger aus dem ersten Buch Mose.

„Sehen Sie, das habe ich befürchtet“, sagte der alte Herr mit sorgenvoller Stimme. „Aber Sie haben recht bzw. die Heilige Schrift hat recht. Manchmal frage ich mich, was sich Gott der Herr eigentlich gedacht hat, als er Adam und Eva schuf. Wahrscheinlich war er damals am sechsten Schöpfungstag sehr viel optimistischer als später. – Doch ich will Ihre Zeit nicht über Gebühr beanspruchen.“ Er wandte sich dem Ausgang zu.

Als sie auf den Dorfplatz traten, sah sich der Mann wieder um. „Sehen Sie, dort drüben, wo jetzt der Parkplatz ist, da stand früher unser Haus zum Beten.“

Meinhard Krieger schüttelte verwirrt den Kopf. „Nein, die Kirche stand immer hier.“

Der alte Mann lächelte nachsichtig. „Ich rede nicht von einer christlichen Kirche oder Kapelle. In dem Haus haben sich damals die Juden zum Beten versammelt.“

„Ich wusste gar nicht, dass Oberbuchen eine Synagoge hatte“, rief Meinhard Krieger verblüfft aus.

Der Mann machte eine abwertende Bewegung. „Das war ja auch keine richtige Synagoge. Die Synagoge stand in Fliederstadt, wo es eine jüdische Gemeinde mit einem Kantor und einem Rabbi gab. In dem Haus hier war nur ein kleiner Gebetssaal mit ein paar Büchern: einer hebräischen Bibel, einem Talmud, einigen Bibelkommentaren und ein paar anderen Dingen. Hier haben sich die Männer morgens zum Gebet getroffen, bevor sie zu ihrer Arbeit gingen."

„Ich sehe schon, ich kann noch einiges von Ihnen lernen, Herr ... Wie war Ihr Name?"

Der alte Mann sah bekümmert aus. „Da können Sie mal sehen, wie alt ich geworden bin, wenn ich schon vergesse, mich vorzustellen. Gerschon Ben Chaim ist mein Name. Ich wohne in Israel. Waren Sie schon mal in Israel?"

Meinhard schüttelte den Kopf. „Leider noch nicht!"

„Aber, aber", sagte Gerschon Ben Chaim tadelnd, „ein Pfarrer, der noch nicht im Heiligen Land war. Das geht doch nicht! Versprechen Sie mir, dass Sie bald nach Israel kommen. Ihr Geld werden Sie dort so gut los wie in Deutschland. Wenn Sie es schon ausgeben müssen, warum wollen Sie dann nicht mal was Neues sehen? – So, jetzt will ich Sie aber wirklich nicht länger aufhalten. Auf Wiedersehen, Herr Pfarrer!"

„Halt!", sagte Meinhard Krieger energisch. „Sie werden Oberbuchen bzw. Waldenstetten nicht verlassen, ohne vorher bei mir einen Kaffee getrunken zu haben. Das Pfarrhaus ist nicht weit von hier."

Der Mann zögerte einen Augenblick, dann lächelte er. „Wenn Sie unbedingt meinen, nehme ich Ihre Einladung an. Nur, wenn es statt des Kaffees ein Kräutertee sein könnte ... Mein Magen, wissen Sie."

Zehn Minuten später saßen sie im Wohnzimmer der

Kriegers. Susanne schenkte den Tee ein. Meinhard Krieger überlegte. War hier eine Gelegenheit, einigen Dingen auf die Spur zu kommen, die Hans Schlotterbeck nur angedeutet hatte?

„Gab es viele Juden hier?", fragte er.

Ben Chaim schüttelte den Kopf. „Nein, nur ein paar Familien. Die meisten Juden hier in der Gegend lebten in Fliederstadt. Als ich ‚Bar Mizwa' wurde, musste ich nach Fliederstadt zum Rabbi in den Unterricht. Wie ich schon sagte, dort gab es eine Synagoge, einen Kantor und an jedem Sabbat einen ordentlichen Gottesdienst."

„Darf ich fragen, wie lange Sie hier gelebt haben?", erkundigte sich Susanne.

„Natürlich dürfen Sie fragen. Ich wurde hier 1922 geboren, als Sohn des Apothekers. Ihre Apotheke ist mein Geburtshaus. In meiner Geburtsurkunde stand mein Name: Georg Goldstein. Ich wurde hier eingeschult, ich habe hier gespielt, Streiche mit meinen Freunden ausgeheckt und dem Dorflehrer Kummer gemacht."

Er schwieg.

„Und dann?" Susanne sah ihn aufmerksam an.

„Nun, dann kam das Jahr 1933. Deutschland hatte beschlossen, dass es unbedingt einen rassereinen Führer brauchte. Für die Juden wurde es immer ungemütlicher. Dabei ging es uns hier noch halbwegs gut. Natürlich saßen in den Wirtschaften die Leute beim Bier, träumten von großdeutschen Taten und schimpften über die Juden. Komischerweise ließ man uns dennoch einigermaßen in Ruhe. Ich weiß sogar noch, wie ein Schulkamerad von seiner Mutter eine fürchterliche Ohrfeige bekommen hat, weil er mich einmal als ‚Judenschwein' beschimpft hat."

„Dann waren die Leute hier gar nicht so braun?", fragte Meinhard Krieger.

„Oh doch, im Gegenteil, es gab hier viele Nationalsozialisten. Umso komischer war es ja auch, dass man uns halbwegs in Ruhe ließ, jedenfalls wenn man es mit anderen Orten vergleicht."

„Merkwürdig", meinte Susanne Krieger und schüttelte den Kopf.

„Es ging auch nicht auf Dauer gut. Den eingefleischten Nazis in der Umgebung passte das nicht. Als dann der 9. November 1938 kam, hatten höhere Parteikreise wohl beschlossen, den Oberbuchener Verhältnissen endgültig ein Ende zu bereiten."

Er schwieg und machte keine Anstalten weiterzureden. Sein Gesichtsausdruck veränderte sich. Die Lippen waren zusammengepresst, die Mundwinkel nach unten gezogen. Er sah auf einmal älter aus als vorher.

„Verzeihen Sie, aber es ist mir sehr wichtig zu hören, was dann geschah", sagte der Pfarrer eindringlich.

„Wenn Sie unbedingt wollen, dann sollen Sie es auch wissen. Der 9. November wurde hier noch schlimmer als in den Orten der Umgegend."

Susanne erschrak. „Noch schlimmer, sagen Sie? Was haben die Oberbuchener alles gemacht?"

„Wissen Sie, die Reichspogromnacht war von langer Hand vorbereitet. Diejenigen, die die Zerstörungen anrichteten, kamen meistens von auswärts. Den Organisatoren war klar, dass Fremde weniger Hemmungen hatten dreinzuschlagen als diejenigen, die ihr Leben lang mit den Juden am Ort zusammengelebt hatten. Das machten die Nazis in jener unseligen Nacht überall so. Natürlich haben sich die Nazis aus Ober- und Unterbuchen daran beteiligt, aber die von auswärts waren die Schlimmsten. Die Oberbuchener haben sie allerdings gewähren lassen und sie angefeuert."

Er trank einen Schluck Tee und sah seine Gastgeber an. Langsam nickte er.

„Sie sollen meine Geschichte weiter hören. – Die Schaufenster der Apotheke meines Vaters waren natürlich schnell zerbrochen. Es war ja nur Glas. Ich bekomme heute noch Zustände, wenn irgendwo eine Scheibe zu Bruch geht. Der braune Mob drang in die Apotheke ein und fing an, die Einrichtung zu zerstören. Mein Vater war außer sich. Gerechtigkeit – das war für ihn das Höchste, und was hier geschah, war ungerecht. Meine Mutter flehte ihn an, sich zu verstecken, aber er stürmte wutentbrannt nach unten, um seine Apotheke zu verteidigen. ‚Wie sollen die Kranken gesund werden, wenn Sie alle Heilmittel zerstören?', schrie er und warf einen Eindringling aus dem Laden. Schon ein paar Minuten später war er tot. Sie haben ihn totgeschlagen. Einen Juden, der sich wehrte, konnten sie sich nicht bieten lassen."

Meinhard schauderte und dachte an das blutige Gesicht auf dem Autobahnparkplatz.

„Dann haben sie Feuer gelegt. Das Haus mit unserem Gebetssaal brannte auch schon. Meine Mutter rannte mit mir zur Hintertür. Irgendjemand folgte uns und hielt uns fest. Meine Mutter kämpfte wie eine Löwin für mich. ‚Lauf, Junge!', schrie sie. Dann waren schon zwei oder drei Mann bei ihr und rissen ihr die Kleider vom Leib. Ich stand wie erstarrt. ‚Lauf!', rief sie wieder. Da rannte ich, was ich konnte."

Gerschon Ben Chaim redete weiter. Es war, als ob man eine Schleuse geöffnet hätte.

„Überall lagen Scherben, es roch nach Rauch, und man

hörte die Leute grölen. Auf meiner Flucht stolperte ich im Dunkeln über einen Körper. Ich zündete ein Streichholz an und sah, dass es Sara war, die elfjährige Tochter des Fuhrunternehmers. Aus ihrem Kopf rann Blut. Mit ihren toten Augen schien sie mich erschrocken anzustarren. Sie war immer so ein fröhliches Kind gewesen."

Er holte tief Luft und wischte sich eine Träne aus dem Auge. „Ich blieb noch im Dorf und passte auf, dass mich niemand bemerkte. Im Laufe der Nacht ging ich nach Fliederstadt und schlich mich ins Haus meiner Großeltern. Sie lebten und waren zum Glück unverletzt. In Fliederstadt hatten sie die Synagoge niedergebrannt und einige Geschäfte zerstört. Aber im Gegensatz zu Oberbuchen gab es keine Toten. Wir versteckten uns ein paar Tage und gingen dann heimlich in der Nacht nach Bartelsweiler zum katholischen Pfarrer. ‚Nichts wie Ärger hat man mit diesen dummen Juden!', knurrte er uns an. Ich fürchtete mich vor ihm. Aber ein paar Tage später gelang es uns mit seiner Hilfe, Deutschland zu verlassen. ‚Wo sollen Juden hin?', fragte mein Großvater und beschloss, dass es für uns nur einen Ort geben konnte: Israel eben, das damals noch das britische Mandatsgebiet Palästina war. Dort habe ich meinen Namen hebraisiert. Aus Georg wurde Gerschon. ‚Deine Eltern sind tot', sagte meine Großmutter, ‚aber du sollst leben und dieses Land hier aufbauen. Du bist ein Kind des Lebens': Also hieß ich von da an Ben Chaim."

„Der katholische Pfarrer hat Ihnen geholfen, sagen Sie. Nun möchte ich doch gerne wissen, welche Rolle der evangelische Pfarrer gespielt hat." Meinhard Krieger schaute ihn ernst an.

Ben Chaim sah traurig aus. „Na, er war nicht so nett wie

Sie. Lassen Sie es mich so ausdrücken", gab er diplomatisch zur Antwort, „am Anfang hat es ihn ungemein beeindruckt, wenn hin und wieder ganze SA-Abteilungen geschlossen in seinen Gottesdienst kamen. Er träumte vom Aufstieg Deutschlands und seiner Kirche. Irgendwann hat er dann mal gemerkt, dass die Sache doch anders lief, als er sich das gedacht hatte. Aber da war schon alles zu spät, und er steckte in manchen Dingen bereits zu tief drin, um unbeschadet wieder herauszukommen. In jener Novembernacht war er irgendwo auswärts, nicht in seiner Gemeinde. Ein merkwürdiger Zufall, wenn es denn ein Zufall war."

Kriegers Gast nahm sein Gesicht in die rechte Hand und rieb sich die Wangen. Dann wischte er eine Träne aus dem Augenwinkel.

„Ist noch etwas Tee in der Kanne?", fragte er. „Jetzt muss ich den Kloß in meinem Hals herunterspülen."

Er trank zwei Schlucke Tee und schwieg eine ganze Weile, um seine aufgewühlten Gefühle wieder in den Griff zu bekommen. Kriegers unterbrachen das Schweigen nicht.

„Ist es nicht komisch", sagte er, lächelte freundlich und hatte wieder jenen aufgeräumten Ton, mit dem er Meinhard Krieger auf der Straße so angenehm unterhalten hatte, „heute sitze ich ausgerechnet im evangelischen Pfarrhaus von Oberbuchen und trinke Tee. Da können Sie mal sehen, wie sich im Laufe der Zeit alles verändert. Wissen Sie, lange Zeit hatte ich gedacht: Wohin auch immer ich gehe, nach Deutschland nie mehr wieder. Aber mit dem Alter denkt man dann doch: Ach, noch einmal dort sein, wo man aufgewachsen ist. Wieder einmal die Schwäbische Alb sehen und die Glocken in Oberbuchen hören. Dann plündert man sein Sparbuch, packt seine alten Knochen in ein Flugzeug und landet eines Tages in Frankfurt am Main. – So, jetzt habe ich alter Mann Sie lange genug mit meinen Geschichten aufgehalten. Meine Frau sitzt in Heilbronn bei ihrer Großnichte und denkt bestimmt: Wo bleibt er nur so lange, der alte Narr? Und wenn ich dann komme, sagt sie: ‚Auf dich muss man immer nur warten, Gerschon. Dir fehlt jede Erziehung. Sei froh, dass du mich hast, du würdest sonst noch in der Gosse enden. Zieh die Schuhe aus, wenn du das Haus betrittst, und wasch dir die Hände!' Sie ist ein *Nudnik**, aber was soll's? Ich habe mich an sie gewöhnt."

„Lassen Sie uns Ihre Adresse hier", bat Meinhard Krieger seinen Gast.

„Gern", sagte Gerschon Ben Chaim, „besuchen Sie mich, wenn Sie nach Israel kommen. Galiläa muss man gesehen haben. Ich werde meiner Frau einen Maulkorb anlegen, dann kann sie nicht beißen. Also, ‚nächstes Jahr in Jerusalem', wie wir an Passah sagen, und nächstes Jahr in Galiläa. Sie sollten doch wenigstens mal da gelaufen sein, wo auch Ihr Herr Jesus sich die Ehre gegeben hat."

---

* israelischer Ausdruck für „Nervensäge"

4. Zornige Frauen

An einem der nächsten Vormittage stand Meinhard in seinem Arbeitszimmer, die geliebte Pfeife im Mund, und sortierte Akten in die Fächer der Registratur, als Susanne ins Zimmer stürmte und sich mit Schwung auf die Couch plumpsen ließ. Er war gespannt, ob sie ihn auf seine Pfeife ansprechen würde. Sie achtete streng darauf, dass er nicht zu viel rauchte. Aber heute hatte sie andere Probleme.

„Weiber!", schimpfte sie. „Dumme Zicken! Ich könnte sie erwürgen!"

Er sah sie amüsiert an. „Was ist denn in dich gefahren? Seit wann schimpfst du auf Geschlechtsgenossinnen? Ich dachte immer, weibliche Solidarität sei einer der ganz hohen Werte unserer Zeit."

„Hat sich was mit weiblicher Solidarität. Dass ich nicht lache! Die sind sowas von stur!"

„Nun mal langsam! Was ist denn los? Wovon redest du eigentlich?" Er stopfte seine Pfeife nach und setzte sich auf seinen Bürostuhl.

„Ach, du weißt doch, dass ich versuchen will, einen Frauenkreis aufzubauen. Du hast mir ja selbst zugeredet. Also – ich spreche verschiedene Frauen an, von denen ich denke, die könnten mitmachen. Zuerst geht ja auch alles gut. Frau Hamm, Frau Hornbacher, die kleine Mayer und Frau Gerhardt sagen, dass sie kommen wollen. Heute beim Einkaufen treffe ich noch die Sieglinde Scheffling und spreche sie an. Zunächst schien sie von der Idee ganz angetan und fragte mich, wer denn noch alles kommt. Ich sag ihr die Namen, und auf einmal wird diese Pute ganz spitz und sagt: ‚Also wenn die Gerhardt kommt, werden Sie mich nicht sehen!' Ich bin total verblüfft und frage, was los ist. Sie sagt aber nur: ‚Nicht mit der!', und lässt mich stehen. Beim Bäcker treffe ich noch die Burger, die Frau des Elektrikers. Auch sie frage ich. Und da wiederholt sich die Geschichte. Als sie hört, dass Frau Hornbacher kommen will, fällt ihr auf einmal ein, dass sie doch keine Zeit hat. – Ich möchte nur wissen, weshalb diese Hühner derart aufeinander herumhacken."

„Ich befürchte, das kann ich dir auch nicht sagen", erwiderte er und schüttelte grinsend den Kopf. „Es sind eben Frauen!" Als Antwort warf sie ihm ein Sofakissen an den Kopf.

Als die Familie beim Mittagessen saß, musste Meinhard feststellen, dass auch seine Tochter ziemlich wütend war.

„Was ist denn heute mit meinen beiden Frauen los?", flachste er und wandte sich an seinen Sohn. „Jonas, vielleicht sollten wir vor so viel weiblichem Zorn fliehen und in Fliederstadt bei McDonald's essen."

„Cool, Papa! Lass uns verschwinden."

„Hiergeblieben! Das könnte euch so passen!", rief Miriam.

„Also, Miriam, was ist los?" Er sah seine Tochter aufmerksam an.

Die bald vierzehnjährige Tochter der Kriegers schluckte den Bissen, den sie im Mund hatte, herunter und sagte: „Der Timo ist so eine Dumpfbacke! Der hat null Ahnung!"

„Warum?", fragte Meinhard Krieger und sah Miriam amüsiert an. „Hat er dir einen Heiratsantrag gemacht?"

„Der?! Der blickt doch überhaupt nichts!", rief sie aufgebracht. „Mit so einem blöden Kerl will ich nichts zu tun haben."

„Okay, jetzt mal im Ernst. Warum schimpfst du so über ihn?"

„Der Timo ist in der Klasse über mir, die Klasse, in der auch Yasmin ist, das türkische Mädchen aus Bartelsweiler. Dauernd hackt er auf ihr rum. Heute hat er sie ständig ‚Türkenschlampe' geschimpft und ihr noch andere Namen gegeben, die ich hier nicht in den Mund nehmen will."

„Und weiter?", forderte Susanne ihre Tochter auf.

„Yasmin musste ja schon manches von Timo und seinen Kumpeln einstecken, aber heute wurde es ihr zu viel. Sie hat nur noch geweint."

„Ja, und dann?"

„Dann", antwortete Miriam trocken, „habe ich ihn verprügelt."

„Du hast was?" Susanne Krieger war sichtlich erstaunt. „Der ist doch wenigstens einen halben Kopf größer als du. Außerdem ist er ein Junge!"

„Na und?", gab Miriam zurück. „Ich habe ihm zuerst eine Ohrfeige gegeben. Als er mich hauen wollte, habe ich ihm dorthin einen Tritt gegeben, wo es ziemlich weh tut."

Meinhard Krieger sah seine Frau an. „Hat sie das von dir?"

Susanne war nicht nach Scherzen zumute. „Kind, was erzählst du da?"

„Wie ging es dann weiter?", wollte Meinhard wissen.

„Och", sagte Miriam gleichmütig, „Herr Zimmer" (das war ihr Klassenlehrer) „hat mich dabei gesehen. Jetzt muss ich die Schulordnung dreimal abschreiben. Aber das war es wert. Der Timo wird die Yasmin bestimmt nicht mehr dumm anquatschen. Der ist doch bloß neidisch, weil sie eine viel bessere Deutsch-Note hat als er."

Meinhard fiel es heute schwer, ernst zu bleiben. Er drehte sich zu seiner Frau. „Vielleicht solltest du deine Konflikte auch so lösen wie deine Tochter."

„Pass auf, dass ich mit dir nicht den Anfang mache, Meinhard." Sie griff nach der Zeitung, rollte sie zusammen und schwang sie drohend über ihrem Kopf.

„Cool, Mama!", rief Jonas. „Zeig, was du kannst!"

„Gnade!" Meinhard hob abwehrend die Hände. „Gewalt in der Ehe gegen Männer. Das letzte Tabuthema in unserer Gesellschaft. Kinder, rettet mich!"

Nach dem Essen hatte Meinhard den Eindruck, es täte ihm und Susanne ganz gut, wenn sie eine halbe Stunde Zeit zum Reden hätten. Sie nickte.

„Mama und ich gehen ein wenig spazieren", sagte er zu den Kindern. „Es wird euch doch sicher ein Vergnügen sein, den Tisch abzuräumen und die Spülmaschine einzuschalten."

Beide Kinder stöhnten. „Meckert nicht rum!", mahnte sie ihr Vater. „Als ich Kind war, hatten wir keine Spülmaschine. Da musste ich das von Hand tun. Die Jugend von heute weiß gar nicht, wie gut sie es hat."

„Mach bloß, dass du rauskommst, Papa! – Los, Jonas, wenn die beiden weg sind, haben wir wenigstens unsere Ruhe."

„Dich bringt heute wohl gar nichts aus der Fassung", stellte Susanne fest, als sie außerhalb des Dorfes einen Feldweg entlanggingen.

„Das muss der Frühling sein", meinte er vergnügt. Dann wurde er doch ernst. „Mich beschäftigt durchaus, was Miriam erzählt hat. Ich finde es toll, dass sie sich einmischt, wenn ein türkisches Mädchen beschimpft wird. Na gut, gleich deshalb einen Mitschüler mit Tritten zu behandeln, ist überzogen. Doch wenn dieser Timo sie schlagen wollte, muss sie sich eben mit ihren Mitteln wehren. Weißt du, mich beschäftigt in diesem Zusammenhang noch das, was mir meine Schüler in der Realschule Fliederstadt erzählen. Da gibt es einige Skinheads, die sich meistens in einem alten Bauwagen außerhalb des Ortes treffen. Als Reaktion auf ihre Pöbeleien hat sich eine Gruppe türkischer Jugendlicher zu einer Gang zusammengeschlossen. Es kam schon zu mehreren Zusammenstößen, die teilweise ziemlich blutig geendet haben. – Ein multikulturelles Deutschland, genauer gesagt: ein friedliches multikulturelles Deutschland scheint die schöne Illusion einiger Idealisten zu sein."

„Wenn sich schon die deutsche Damenwelt in Waldenstetten nicht grün ist, was kannst du dann erwarten? Dass sich die Menschen auch immer streiten müssen!" Susanne zog ihre Nase kraus und sah ihren Mann lieb an. „Nicht wahr, wir beide streiten uns nicht. Du wirst immer schön das tun, was ich dir sage."

„Das ist ein bisschen viel verlangt, findest du nicht? Gab es nicht mal Zeiten, in denen es genau umgekehrt war und die Frauen ihren Männern gehorchen mussten? Ach ja, die gute alte Zeit!" Er seufzte sehnsüchtig.

Sie boxte ihn auf den Arm. „Nichts da, heute haben die Frauen das Sagen. Männer führen immer nur Kriege. Wir Frauen werden die Welt retten, weil wir empfindsam sind und letzten Endes doch rationaler als ihr Männer."

„Wissen das deine ‚Weiber' in Waldenstetten schon?", fragte er spöttisch.

„Nein", gab sie zu, „das ist hier noch nicht angekommen."

„Siehst du!", triumphierte er. „Die Überlegenheit des weiblichen Geschlechts scheint genauso eine schöne Illusion zu sein wie die Idee von einer friedlichen Multikulti-Gesellschaft. Und das bringt mich zu dem Punkt, über den ich eigentlich mit dir reden wollte. Geht das jetzt?"

„Ich bin ganz Ohr, mein Liebling!“

„Weißt du“, sagte er und seine Stimme hatte nichts Spöttisches mehr, „mir geht dieser Jude nicht mehr aus dem Kopf. Was uns Herr Ben Chaim erzählt hat, ist mir ganz schön unter die Haut gegangen. Ich hatte dieser Tage da so eine Idee.“

„Du machst mich neugierig. Lass hören.“

„Ich dachte mir“, fuhr er fort, „es wäre nur angemessen, wenn man an der Stelle, wo früher der jüdische Gebetssaal war, eine Gedenktafel anbringen würde. Wenn es hier früher Juden gab, die unter dem Nationalsozialismus zu leiden hatten, sollte auch etwas an sie erinnern. Was hältst du davon?“

Susanne nickte. „Ja, warum nicht? Sprich doch mal mit Bürgermeister Kommer.“

5. Kameraden

Während Meinhard mit seiner Frau die Frühlingssonne genoss und sich mit ihr unterhielt, saßen sich an einem anderen Ort zwei Männer gegenüber. Der ältere der beiden sah den jüngeren misstrauisch an.

„Und“, fragte er, „wie sieht es aus? Ist noch immer alles ruhig? Kein Ärger?“

Der Jüngere nickte. „Klar, es läuft gut. Keine besonderen Vorkommnisse. Nächste Woche fahre ich nach Ulm und Umgebung und besuche die Kameraden dort.“

„Das meine ich nicht, Paul“, knurrte der ältere Mann hinter seinem Schreibtisch. „Du weißt genau, was ich meine. Versuche also nicht, mich abzulenken. Ihr habt gewaltige Fehler gemacht und das wisst ihr!“

„Chef, das tut mir auch leid. Klar, es wurde schon brenzlig, als kurz nach dem Vorfall die Polizei die Tübinger Kameraden befragte, die zum Umfeld dieses Kerls gehört haben. Doch die hatte ich ja bewusst aus unserer Aktion rausgehalten. Die hatten also alle wasserdichte Alibis, und die Polizei konnte gar nichts tun.“

„Die Polizei wusste aber sehr genau, in welchen Kreisen sie zu suchen hatte“, wandte der Chef ein.

Paul wiegte den Kopf hin und her. „Schon, Chef, das stimmt. Aber überleg mal, die Sache ist jetzt schon ein paar Wochen her, und es hat sich seitdem kein Bulle mehr sehen lassen.“

„Das hat nichts zu sagen. Manchmal brauchen die ganz schön lang. Bist du absolut sicher, dass dieser Verräter keinen von euch gekannt hat?“

„Chef, ich sagte doch, ich habe nur Jungs aus anderen Gruppen genommen. Der hat keinen von uns gekannt.“

„Und dich hat er auch nicht gekannt?“

Auf Pauls Stirn bildete sich Schweiß. „Nein, er hat mich nie zuvor gesehen. Alle seine Kontakte sind ja immer über Gregor gelaufen. Und er war ja auch noch nicht lange in der Bewegung. Schon deshalb kannte er nur die Leute aus seiner eigenen Gruppe. Die ganze Gruppe im Auto war ihm unbekannt.“

„Aber da ist dein verdammtes Auto! Das fällt auf. Warum kannst du nicht ein ganz normales Auto fahren wie die anderen auch?“

Paul schwieg resigniert. Der Chef hatte noch nie Verständnis für Pauls Liebe zu seinem bejahrten Auto gehabt. So wies er auf einen anderen Sachverhalt hin. „Natürlich hatte ich vor der ganzen Aktion andere Nummernschilder angebracht."

Dieses Argument schien den Chef aber nicht zu besänftigen. „Er braucht nur zu sagen, dass er in einem großen, alten Auto gesessen hat und dass da einer war, der wie ein Elefant aussieht. Das kann unter Umständen als Beschreibung schon reichen."

„Chef", sagte Paul triumphierend, „der beschreibt keinen mehr und wird auch nichts mehr sagen. Der ist noch in der gleichen Nacht gestorben, ohne vorher den Mund aufzumachen."

Der Ältere schlug mit der flachen Hand auf den Schreibtisch. „Zum Donnerwetter, warum erfahre ich das erst jetzt?"

„Chef, ich weiß es selbst erst seit Kurzem." Paul machte eine Bewegung mit der Hand, die seinen Gesprächspartner begütigen sollte. „Ein Kamerad arbeitet in dem Krankenhaus, in das sie den Kerl gebracht haben. Allerdings hatte er zu der Zeit Urlaub und hat überhaupt nichts mitbekommen. So haben wir erst später durch Rückfrage bei den Kameraden dort in der Gegend erfahren, dass dieser Verräter nicht etwa entlassen, sondern beerdigt worden ist."

„Das macht es für euch nicht unbedingt besser, Paul!"

„Das verstehe ich nicht, Chef!" Paul sah verwirrt aus.

„Weil jetzt wegen Mordes ermittelt wird, du Einfaltspinsel", bellte der Chef hinter seinem Schreibtisch. „Ihr hättet den Kerl so beseitigen sollen, dass man ihn am besten gar nicht erst gefunden hätte. Stattdessen verprügelt ihr ihn an der Autobahn und lasst euch dabei von einem Autofahrer erwischen."

Paul holte mit einem resignierten Seufzen Luft. Dass der Chef über diese Sache aber auch nicht wegkam!

„Chef, ich habe dir doch alles schon erklärt. Der Typ in dem Auto hat doch fast nichts gesehen. Es war Nacht, und als er kam, waren wir im selben Augenblick auch schon verschwunden."

„Paul, Paul, ich glaube, du hast noch immer nicht begriffen, wie schwerwiegend die Sache ist. Wenn die Polizei an irgendeiner Stelle eine Spur aufnehmen kann, sehen wir unter Umständen ganz schön mies aus. – Warum habt ihr ihn verprügelt, statt ihn unauffällig verschwinden zu lassen?"

„Chef, das habe ich dir doch schon mal erzählt!"

„Dann erzähl es eben noch mal."

Paul schluckte. Misstraute ihm der Chef? In der Tat hatte das Vertrauen des Chefs zu seinem wichtigsten Mann seit jener Nacht einen gehörigen Knacks bekommen. Hier war etwas schiefgelaufen. Sicher, es konnte immer einmal anders kommen, als man es sich vorher gedacht hatte. Das war dem Chef durchaus klar. Aber *so* hätte es nicht passieren dürfen. Er musste darum jede Einzelheit wissen, jede Kleinigkeit, die unter Umständen die Polizei auf seine Fährte setzen konnte.

Der Chef setzte wieder an. „Also, du hast doch gesagt, dass er ganz ruhig war, als ihr ihn mitgenommen habt?"

Paul nickte. „Ja, er hatte die Hosen voll und war lammfromm. Die dortigen Kameraden hatten uns etwas über seine Lebensgewohnheiten gesagt. Spätabends drehte er oft noch eine Runde. Das kam uns sehr entgegen. Da haben wir ihn abgepasst und ins Auto gesetzt. Er ahnte wohl schon, dass da noch was auf ihn zukommt. Er wurde leichenblass und brachte kein Wort heraus. Er ist bei uns eingestiegen, ohne den geringsten Versuch, Theater zu machen."

„Warum habt ihr ihn nicht gefesselt?"

„Dazu bestand in diesem Augenblick doch gar kein Anlass."

„In diesem Augenblick nicht, später sehr wohl", blaffte der Chef. „Wenigstens von dir hätte ich mehr Verstand erwartet. Was ist dann passiert? Warum habt ihr gehalten?"

Paul war sehr kleinlaut. „Erich musste mal ganz dringend. Er hatte vorher so viel Bier getrunken."

Der ältere Mann ballte die Faust. „Diese Hohlköpfe sollen nicht saufen, wenn sie im Einsatz sind. Hast du ihnen das nicht gesagt?", brüllte er.

Paul zog es vor zu schweigen.

„Und dann?", bohrte der Chef weiter und trommelte mit den Fingern auf den Schreibtisch. „Wie ging es weiter?"

„Na ja, als Erich beim Pinkeln war, kam plötzlich Leben in diesen Kerl. Er machte die Tür auf und wollte abhauen. Aber wir waren wie der Blitz hinter ihm her. Er versuchte noch sich zu wehren, aber das hatte keinen Zweck mehr. Klar, dass der Autofahrer kam, war eine blöde Sache. Aber da konnte er schon nicht mehr ‚Piep' sagen."

„Was hast du mit dem Wagen gemacht? Sind alle Spuren, die auf ihn hinweisen könnten, beseitigt?"

„Chef, am nächsten Tag habe ich den Wagen auseinandergenommen. Du weißt, ich kenne mich mit Autos aus. Da findest du kein Haar mehr von diesem Schwein."

„Hoffentlich nicht", sagte der Chef. „Die Spurensicherung bei der Polizei ist heutzutage verdammt gut. Mit ihren DNA-Analysen weisen die dir heute nach, dass deine Freundin vor einem halben Jahr mal beim Autofahren in der Nase gepopelt hat. Seid bloß vorsichtig!"

„Klar, Chef! Und so etwas passiert auch nicht wieder. Du weißt, du kannst dich auf mich verlassen."

„So, kann ich das, Paul? Wir werden ja sehen. Paul, wir stehen im Kampf. Und Kampf bedeutet absolute Disziplin!"

„Jawohl, Chef!"

„Da haben persönliche Wünsche und Interessen zurückzutreten, und leichtfertiges Handeln können wir uns nicht leisten. Es geht um ein großes Ziel. Hämmere das den Kameraden ein. Wir müssen zu einer schlagkräftigen, disziplinierten Armee werden. Zuschlagen aus dem Verborgenen, plötzlich und unerwartet, und dann der schnelle, lautlose Rückzug, wobei wir alle Spuren verwischen. Wir werden vollenden, was andere Generationen begonnen haben."

„Jawohl, Chef!"

„Gut, du kannst jetzt gehen. Aber halte die Augen offen. Sobald du auch nur das Gefühl hast, dass die Polizei ein Auge auf dich wirft, lass es mich sofort wissen."

„Selbstverständlich, Chef! – Noch etwas. Was sind deine Anweisungen für die nächste Zeit?"

„Ich will in dieser Lage keine besonderen Aktionen. Wir dürfen jetzt kein Aufsehen erregen. Begnüge dich mit Schulungsarbeit. Und pauke ihnen Disziplin ein. Disziplin und noch einmal Disziplin!"

„Ist gut, Chef. – Da fällt mir noch etwas ein. Wie ist das mit den Musik-CDs?"

Der Chef, der mit seinen Gedanken woanders gewesen war, sah Paul fragend an. „Ich verstehe nicht. Worum ging es da? Hilf meinem Gedächtnis mal auf die Sprünge."

„Wir hatten vor, CDs mit unseren Liedern gezielt an Schüler abzugeben, die für so ein Geschenk offen sein könnten."

„Ach so, richtig. Ich erinnere mich." Der Chef überlegte einen Augenblick. „Nein, wartet damit noch ein wenig. Wie ich schon sagte: Wir müssen zurzeit in Deckung gehen. Diese Aktion läuft uns ja nicht weg. Aufgeschoben ist nicht aufgehoben."

„Gut, Chef, ganz, wie du willst. Du hast sicher recht. Eigentlich hast du ja immer recht. Nicht umsonst bist du unser führender Kopf."

Als Paul sah, dass diese Komplimente auf den Chef keinen Eindruck machten, stand er auf. „Ich werde jetzt gehen. Das heißt, darf ich noch etwas sagen?"

„Was ist los?"

„Ich hatte, äh – also ich hatte in der letzten Zeit ziemlich Auslagen ..."

Der Chef knurrte etwas und holte einige Geldscheine aus seiner Schreibtischschublade.

„Hier! Verwende es sparsam."

„Danke. Geht klar, Chef. Auf Wiedersehen. Heil dir, deutsches Vaterland!"

„Heil dir, deutsches Vaterland! Auf Wiedersehen, Paul!"

Draußen atmete Paul tief durch. Uff, das war ja noch mal gut gegangen! Er hatte Schlimmeres befürchtet, wusste er doch, welch fatale Panne ihnen da in der Bayerischen Rhön an der Autobahn passiert war. Wie es aussah, hatte die Polizei jedoch keine Spur, wenn sie auch wegen Mordes ermitteln mochte. Der Chef sollte sich bloß nicht so anstellen. Als ob der immer alles richtig machen würde! Der saß hinter seinem Schreibtisch, während er, Paul, die Aktionen organisieren und oft genug dabei auch noch selber Hand anlegen musste.

Der Chef drinnen atmete auch tief durch. Diese Autobahngeschichte beunruhigte ihn zutiefst. Paul ahnte ja nicht, wie sehr er alles mit dieser misslungenen Aktion gefährdet hatte. Aber vielleicht lag Paul mit seiner Vermutung, die Polizei wisse im Grunde nicht viel, auch richtig. Darin bestand ihre Hoffnung. Wenn dieser Kerl vor seinem Ableben tatsächlich nichts mehr sagen konnte … Gut! Hoffentlich hatte niemand von der Tübinger Gruppe was Falsches gesagt, als die Polizei das Umfeld des Ermordeten erkundete. Aber eigentlich konnten die auch nichts wissen. Die konnten nur sagen, dass sie ihn einmal gekannt hatten, er aber seit geraumer Zeit spurlos verschwunden war. Trotzdem – es war beunruhigend, dass die Polizei in den national gesonnenen Kreisen suchte.

Ruhig bleiben!, dachte der Chef. Aber er spürte, wie ihn wieder sein Magen schmerzte. Verdammt noch mal! Derartige Pannen durften einfach nicht passieren. Das Risiko war einfach zu hoch. Dass man sich mit solchen Dummköpfen abgeben musste! Dabei ging Paul ja noch. Er hatte mehr Verstand als viele der anderen Kameraden. Man müsste mehr Leute mit Bildung und vertieften Kenntnissen gewinnen, dachte er resigniert. Deutschland umzugestalten war ein großes Ziel. Dazu brauchte es diese schlagkräftige Armee, von der er mit Paul gesprochen hatte. Aber darüber nachzudenken, blieb dem Chef jetzt keine Zeit. Er hatte noch einen Termin wahrzunehmen.

6. Der Antrag

IMMER DIENSTAGS BIS ZEHN Uhr mussten die Kirchlichen Nachrichten der evangelischen Kirchengemeinde im Vorzimmer des Waldenstettener Bürgermeisteramtes sein, um im Amtsblatt der Gemeinde abgedruckt zu werden. Es spielte keine Rolle, ob Pfarrer Krieger oder seine Sekretärin die Nachrichten faxten oder als E-Mail versandten. Hauptsache, sie kamen pünktlich an. Manchmal jedoch druckte Krieger sie aus und brachte sie selbst ins Rathaus nach Unterbuchen. So konnte er mit etwas Glück Bürgermeister Kommer treffen und ein wenig Kontaktpflege betreiben. Darum schwang er sich auch heute auf sein Fahrrad, fuhr nach Unterbuchen und ging ins Vorzimmer des Bürgermeisters.

„Guten Morgen allerseits! Hier sind die Kirchlichen Nachrichten. Ist der Schultes da?“

Noch bevor eine der beiden Damen im Vorzimmer antworten konnte, öffnete der Bürgermeister die Tür seines Amtszimmers.

„Guten Tag, Herr Pfarrer. Der Schultes ist da und kann heute geistlichen Beistand gebrauchen. Einige Waldenstettener haben beschlossen, dass ich an allem schuld bin.“

Meinhard Krieger grinste. „Einen Sündenbock braucht man immer, und ein Bürgermeister hat ein breites Kreuz. Sollte er jedenfalls haben.“

Der Bürgermeister grinste ebenfalls und sagte: „Sie sind mir ein schöner Tröster. Kommen Sie trotzdem rein!“

Er bot seinem Gast einen Stuhl an und fing an, von seinen Sorgen zu berichten. Es ging um die zukünftige Bebauung einer Fläche am Ortsrand von Bartelsweiler. Die verschiedensten Interessen prallten in dieser Angelegenheit aufeinander. Bürgermeister Kommer erzählte, dass er schon mit Grausen an die nächste Gemeinderatssitzung denke.

Meinhard Krieger hörte geduldig zu und gab nach Aufforderung auch seine Meinung zum Besten. Dann sah der Bürgermeister auf die Uhr. „Es war nett, mit Ihnen zu schwatzen, Herr Krieger. Doch jetzt schmeiße ich Sie raus. Ich habe noch einen Termin mit einem Architekten."

„Eine Sekunde noch, Herr Kommer. Ich hätte da eine Kleinigkeit auf dem Herzen."

„Dann schießen Sie los, und machen Sie's kürzer als Ihre Predigten."

Meinhard Krieger erzählte von seiner Begegnung mit Gerschon Ben Chaim und von seiner Idee, in Oberbuchen eine Gedenktafel anzubringen. „Bringen Sie das doch mal im Gemeinderat zur Sprache", schlug er vor.

Der Bürgermeister stöhnte. „Herr Pfarrer, Sie sind ein Mensch mit einem guten Herzen, aber ich sage Ihnen eines: Den Schuh werde ich mir nicht anziehen. Ich habe auch schon so genug Ärger in der Gemeinde und im Gemeinderat. Wenn ich da komme und sage: ‚Lasst uns für die Juden in Oberbuchen eine Gedenktafel anbringen', spielen hier vollends alle verrückt."

Meinhard Krieger war irritiert. „Was um alles in der Welt ist an einer Gedenktafel so schlimm? Sollte es um die Kosten gehen, würde ich helfen, dass die Kirchengemeinde sich beteiligt."

Der Bürgermeister winkte ab. „Wir haben zwar nicht viel Geld, aber für eine Tafel würde es schon noch reichen. Das Problem liegt darin, dass Sie diesen Ort nicht kennen. Der Zweite Weltkrieg hat hier genug Wunden geschlagen. Ich werde mich hüten, daran zu rühren. Nein, Herr Pfarrer, nicht, dass ich Ihre Idee für unsympathisch hielte, aber ich will mir daran die Finger nicht verbrennen. Ich kann Ihnen auch nicht raten, dass Sie es tun. Nichts für ungut. Wenn Sie mich jetzt bitte entschuldigen."

Er hängte sich eine Jacke um und ließ einen unschlüssig dastehenden Pfarrer zurück.

„Was nun?", fragte Meinhard Susanne, als er wieder zurück war.

„Ich finde, wir sind Gerschon Ben Chaim, seinen Eltern und all den anderen jüdischen Familien schuldig, dass hier etwas an sie und an ihr Schicksal erinnert." Susannes Stimme klang entschlossen.

Er nickte. „Ich gebe dir recht. Ich werde einen Antrag an den Gemeinderat stellen."

So schrieb Krieger einen Brief, der Gemeinderat möge beschließen, eine Tafel zum Gedenken der jüdischen Bevölkerung von Oberbuchen an geeigneter Stelle anzubringen.

Bürgermeister Kommer musste diesen Antrag wohl oder übel auf die Tagesordnung der nächsten Gemeinderatssitzung setzen. Er kannte seinen Gemeinderat. Der Ärger war programmiert.

„Dieser Pfarrer soll doch erst mal hier längere Zeit leben, bevor er solche Vorschläge macht", kritisierte Ratsmitglied Wellauer, der ohnehin für seine kirchenkritische Einstellung bekannt war.

„Sehr richtig", pflichtete ihm Karl Gesell bei, der deshalb in den Rat gewählt worden war, weil einigen Bürgern dieser Querulant gerade recht erschien, dem Bürgermeister und einigen anderen Räten das Leben schwer zu machen.

„Es überrascht mich nicht, dass Sie dagegen sind", erwiderte Thekla Spengler, „aber wir sollten diesen Vorschlag nicht gleich vom Tisch wischen. Pfarrer Krieger schlägt nur vor, was andere Gemeinden schon längst getan haben."

Damit kam die Diskussion in Gang, länger, als es dem geplagten Bürgermeister lieb war. Gegner und Befürworter schenkten sich nichts. Schließlich meldete sich Gemeinderat Burger zu Wort, seines Zeichens Elektromeister und der Erfinder so mancher diplomatischer Formulierungen und trickreicher Beschlüsse.

„Es spricht sicher manches für den Vorschlag unseres evangelischen Ortsgeistlichen, wenn ich auch die Einwände gut verstehen kann. Allerdings sollte man es nicht bei *einer* Tafel belassen. Im Rahmen einer umfassenderen Ortsgestaltung könnte man doch mehrere Tafeln an historischen Gebäuden unseres Ortes anbringen. Es bedürfte dazu natürlich einer gewissen Konzeption, die man erarbeiten müsste. Aber nichts spricht dagegen, das zu gegebener Zeit zu tun. Unser Ort kann davon nur profitieren. Ich möchte das zum Antrag erheben und gleichzeitig das Bürgermeisteramt bitten, Pfarrer Krieger entsprechend zu informieren."

So geschah es, und wenige Tage später hatte Meinhard Krieger ein entsprechendes Schreiben der Gemeindeverwaltung in Händen. „Na ja", sagte er zu Susanne, „ich hätte die Tafel gern sofort gehabt, aber wenn sie demnächst den ganzen Ort mit ortskundlichen Hinweisen versehen, soll es mir auch recht sein."

Zwei Tage später klingelte es abends an der Haustür. Gemeinderätin Thekla Spengler und ihr Mann, die einen Abendspaziergang gemacht hatten, standen vor der Tür. Meinhard Krieger bat sie ins Wohnzimmer.

„Kann ich Ihnen etwas anbieten?“ Man einigte sich auf einen Fleiner Riesling.

„Sagen Sie mal, Herr Krieger“, fragte Thekla Spengler, „wie geht es Ihnen mit dem Gemeinderatsbeschluss?“

„Oh, ich kann damit leben“, antwortete der Pfarrer, der die Frage nicht richtig einordnen konnte. „Ich hätte mich gefreut, wenn die Tafel für die Juden sofort angebracht worden wäre. Hauptsache, sie kommt in absehbarer Zeit.“

Herr Spengler lachte spöttisch. „Da sieht man, wie wenig Sie diesen Ort kennen und wie wenig Sie vom Gemeinderat wissen.“

„Wie meinen Sie das?“

Thekla Spengler nahm ihre Brille ab. „Herr Pfarrer, mit diesem Beschluss hat die Mehrheit im Gemeinderat Ihren Vorschlag auf die lange Bank geschoben. Das war eine diplomatisch formulierte Abfuhr. Bis man die heimatkundlichen Schilder in Waldenstetten angebracht hat, sind Sie schon längst in einer anderen Gemeinde oder im Ruhestand.“

„Meinen Sie wirklich?“

„Ich lebe hier schon länger als Sie und ich kenne meine Pappenheimer.“

Meinhard Krieger machte ein ratloses Gesicht. „Tja, und was raten Sie mir?“

„Legen Sie nach, Herr Pfarrer. Stellen Sie Ihren Antrag erneut. Machen Sie es zum Predigtthema. Lassen Sie nicht locker. Wir beide finden Ihre Idee gut. Sie werden Ärger bekommen, aber mit uns können Sie rechnen.“

7. Unruhe im Dorf

Damit stand Meinhard Krieger vor einer schwierigen Entscheidung. Eine alte Pfarrerweisheit sagt, dass man im ersten Jahr in einer Gemeinde keine Neuerungen einführen und sich nur aufs Kennenlernen beschränken soll. Er war jetzt gerade erst acht Monate hier. Außerdem war Meinhard Krieger wie viele seiner Kollegen ein im Grunde seiner Seele harmoniebedürftiger Mensch. Diese Aktion versprach jedoch Streit. Vielleicht war es doch besser, zu warten und diesen Vorschlag erst dann vorzubringen, wenn er die Gemeinde besser kannte und die Menschen mehr Vertrauen zu ihm gefasst hatten. Andererseits hatte er den ersten Schritt schon getan. Und war es nicht viel sinnvoller, eine solche Gedenktafel anzubringen, solange noch einige der ehemaligen jüdischen Bürger des Ortes lebten?

An einem Spätnachmittag stöberte er zur Entspannung in seinen Schallplatten und CDs. Eine CD mit Harry Belafonte fiel ihm in die Hände. Dass manche Leute von diesem Künstler nicht mehr kannten als den „Banana Boat Song" und „Jamaica Farewell", konnte er nie verstehen, hatte Belafonte doch so ein breites Repertoire schöner und aussagekräftiger Lieder. Meinhard hatte im Laufe der Zeit eine ganze Sammlung von Belafonte-Platten erstanden. Auf der CD, die er in Händen hielt, sang Belafonte eine hinreißende Fassung von „Oh freedom". Er drehte den Verstärker auf und ließ sich von dem Sänger und dem Lied mitreißen. Im Februar hatte er das Lied mit seinem Freund Frank gesungen, fiel ihm ein. Meinhard sang laut mit: „And before I'd be a slave, I'll be buried in my grave."

Als das Lied zu Ende war, spielte er es noch einmal. Ging es in Waldenstetten-Oberbuchen nicht genau um das, wovon das Lied handelte? So wie man in den USA den Schwarzen die Freiheit geraubt und sie zu Sklaven gemacht hatte, so hatte man im Dritten Reich die Juden aller ihrer Rechte beraubt, um sie schließlich gnadenlos zu vernichten. Und jetzt, wo man in einem Rechtsstaat lebte, wollte man sich an das geschehene Unrecht nicht erinnern lassen. Warum nur gingen Menschen so böse miteinander um? Warum nahm man einem anderen Menschen die Würde, die Ehre, die Freiheit, die Unversehrtheit des Lebens, nur weil er anders war als man selbst? Meinhard suchte unter seinen Platten nach Liedern der amerikanischen Bürgerrechtsbewegung.

Damit war die Sache entschieden. Man konnte sich nicht an diesen Liedern begeistern, ohne den angefangenen Weg zu Ende zu gehen. Er setzte sich an den PC und schrieb seinem Bürgermeister und Gemeinderat einen Brief. Die Idee, den ganzen Ort mit heimatkundlichen Hinweistafeln zu versehen, halte er für ganz ausgezeichnet. Man möge diese Idee nur bald in die Tat umsetzen. Allerdings sei es seines Erachtens nötig und sinnvoll, eine Tafel für die ehemaligen jüdischen Bürger sofort aufzustellen, solange noch einige dieser Bürger lebten und die Gemeinde Waldenstetten besuchten, wie Gerschon Ben Chaim es getan hatte. Darum stelle er seinen Antrag noch einmal. Noch am selben Abend brachte er den Brief nach Unterbuchen und steckte ihn in den Briefkasten des Rathauses.

Die erste Reaktion war ein Anruf des Bürgermeisters am späten Vormittag des nächsten Tages. „Herr Krieger, ich erwürge Sie! Als ob ich nicht schon ohne Ihre Ideen genug Probleme hätte. Hoffentlich wissen Sie, auf was Sie sich da einlassen."

Meinhard Krieger ärgerte sich. „Hoffentlich weiß der Gemeinderat, auf was er sich einlässt, wenn er seinen ehemaligen Bürgern das verweigert, was der Anstand gebietet“, gab er zurück.

„Sie sind ein sturer Hund, Herr Pfarrer Krieger!“, fauchte der Bürgermeister und beendete das Gespräch.

Meinhard Krieger war nun in Fahrt und berichtete am nächsten Sonntag in seiner Predigt, wie er Gerschon Ben Chaim kennengelernt und dass er dem Gemeinderat einen Brief geschrieben habe.

Am Dienstagabend war eine Sitzung des Kirchengemeinderats. Kriegers Vorschlag stand zwar nicht auf der Tagesordnung, aber seine Kirchengemeinderäte meldeten dringenden Gesprächsbedarf in dieser Sache an. Sie war in Windeseile zum Dorfgespräch geworden.

„Ich finde die Idee mit dieser Tafel sehr gut“, sagte die Vorsitzende Gerlinde Dengler, „aber ich hätte es besser gefunden, Sie hätten uns vorher informiert und wir hätten es zu einer gemeinsamen Sache gemacht.“

„Nun – mir wurde angedeutet, dass ich mit dieser Aktion unter Umständen viel Ärger bekomme. Es schien mir daher besser, das als Privatperson zu tun und die Kirchengemeinde nicht damit zu belasten.“

„Herr Krieger, seien Sie nicht so naiv“, rief Waldemar Lautenschlager, und seiner Stimme war der Ärger anzuhören, „als Pfarrer sind Sie eine öffentliche Person. Sie können sich dem gar nicht entziehen. Sie haben die Kirchengemeinde mit hineingezogen, ob Sie es nun wollten oder nicht.“

„Herr Pfarrer“, sagte Heinz Nissen, dessen Stimme in diesem Augenblick noch lauter war als sonst, „was gibt Ihnen das Recht, den Frieden im Dorf zu stören?“

Meinhard Krieger bemühte sich, so ruhig wie möglich zu sprechen. „Meine Damen und Herren, ich gebe Ihnen darin recht, dass es besser gewesen wäre, wenn ich Sie vorher informiert hätte. Sie könnten auch darin recht haben, dass ich meine Rolle in der Öffentlichkeit unterschätzt habe. Ich bitte Sie ausdrücklich um Entschuldigung. Was den Frieden im Dorf angeht, Herr Nissen, werde ich Ihre Frage beantworten, wenn Sie mir vorher meine Frage beantworten: Was gab den Oberbuchenern das Recht, nach 1945 das Unrecht, das den jüdischen Mitbürgern angetan wurde, zu verschweigen?"

Der leicht erregbare Heinz Nissen bekam einen roten Kopf. „Niemand hat etwas verschwiegen! Wie kommen Sie zu dieser Behauptung? Aber das alles liegt nun Jahrzehnte zurück. Warum müssen wir die junge Generation mit diesen Dingen belasten? Wir haben weiß Gott andere Aufgaben, als ständig in der Vergangenheit zu wühlen."

„Aber der Herr Pfarrer hat es doch nur gut gemeint", wollte Siegbert Müller den Aufgebrachten begütigen.

„Dann hätte er den Mund halten sollen!", bellte Heinz Nissen. „Er soll doch erst mal die Gemeinde richtig kennenlernen. Machen Sie Ihre Gemeindebesuche ordentlich, Herr Pfarrer, und kümmern Sie sich darum, dass die Konfirmanden in der Kirche nicht ständig durch ihr Geschwätz stören. Sie lassen denen viel zu viel durchgehen!"

Meinhard Krieger ärgerte sich. „Herr Nissen, Sie werden unsachlich. Was haben die Konfirmanden mit all dem zu tun?"

Heinz Nissen wollte aufbrausen, aber die Vorsitzende warf ihm einen scharfen Blick zu. „Ich finde, das Anliegen von Pfarrer Krieger ist mehr als berechtigt. Auf die Idee, unserer jüdischen Mitbürger zu gedenken, hätten wir als Christen und Einheimische selbst kommen müssen, und das schon vor langer Zeit. Wie immer Sie denken, meine Herrschaften, Herr Krieger hat in dieser Sache meine ausdrückliche Unterstützung."

Die anderen Kirchengemeinderäte wussten, dass sie schon sehr überzeugende Argumente brauchten, um ihre Vorsitzende umzustimmen. So ergaben sie sich in ihr Schicksal. Schließlich hatten sie Gerlinde Dengler zur Vorsitzenden gemacht, weil sie eine Frau von Verstand und Autorität war.

Kriegers Predigt und sein Vorschlag waren also im Dorf in aller Munde, und nicht nur in Waldenstetten zog die Sache ihre Kreise, wie man bald feststellen konnte. Schon nach wenigen Tagen erschienen in der örtlichen Presse die ersten Leserbriefe pro und kontra. Aus der ganzen Umgegend beteiligten sich die Menschen an der Diskussion. Dabei spielte die Idee einer Gedenktafel nur eine untergeordnete Rolle. Sehr schnell konzentrierte sich die Leserbriefschlacht auf die Frage, wie mit der deutschen Schuld des Dritten Reiches umgegangen werden sollte. Die Mehrheit der Leserbriefschreiber meinte, dass man endlich aufhören solle, ständig daran zu erinnern. Schließlich seien schon Jahrzehnte darüber vergangen. Einige fragten, welche Kreise im In- und Ausland ein Interesse daran hätten, Deutschland stets in der Abhängigkeit seiner Schuld zu halten. Es gab auch einige wenige Briefe, von denen niemand jemals etwas erfuhr, weil sie sofort im Papierkorb des Chefredakteurs verschwanden. Dort waren sie gut aufgehoben.

Meinhard Krieger erhielt jedoch einen Brief ohne Absender. „Das wirst du büßen, du alte Judensau. Wenn unsere Stunde kommt, hat deine letzte geschlagen."

Er schluckte und versuchte, die aufkommende Angst zu unterdrücken.

Gänge durch seine Gemeinde wurden für ihn bald zum Spießrutenlauf. Er bemerkte, wie die Leute ihn neugierig anschauten, manche sprachen ihn anerkennend, andere aggressiv-ablehnend an. Als er eines Tages den alten Lukasbauern vor seiner Tür sah und ihm ein „Guten Morgen" zurief, drehte der ihm demonstrativ den Rücken zu. „Na ja, von dir war nicht mehr zu erwarten", murmelte der Pfarrer. Er spürte, wie ihm alles naheging und anfing, an seinen Nerven zu zerren.

Beim Mittagessen legte ihm Susanne einen Brief von Dr. Werner Prokop an seinen Platz. Dr. Prokop war Rechtsanwalt in Fliederstadt. „Sehr geehrter Herr Pfarrer, die Diskussion in der Zeitung hat mich auf Sie neugierig gemacht. Wenn Sie einmal in Fliederstadt sind, schauen Sie doch mal in meiner Kanzlei vorbei. Hochachtungsvoll!" Die Unterschrift sollte wohl Prokop bedeuten, war aber unleserlich.

„Du wirst allmählich prominent, Meinhard", meinte Susanne.

Er seufzte. „Darauf könnte ich gut und gern verzichten. Was habe ich denn getan? Ich will nur eine schlichte Bronzetafel im Dorf, und prompt diskutiert halb Deutschland über seine Vergangenheit. Die ganze Sache wird mir zu viel. Ich heiße zwar Krieger, aber ich bin keiner."

„Tja, wer den Kopf zu weit aus dem Fester hängt, darf sich nicht wundern, wenn er nass wird, mein lieber Meinhard."

„Es geht nichts über eine verständnisvolle Ehefrau!", rief er aufgebracht.

„Schon gut! Ich hab es ja nicht böse gemeint", beruhigte

ihn Susanne, „komm, gib mir deine Dessertschale. Du bekommst heute besonders viel Pudding."

Am nächsten Tag hielt Meinhard Krieger in Fliederstadt Religionsunterricht. Als er die Realschule wieder verließ, fiel ihm der Brief von Dr. Prokop ein. Er suchte die Kanzlei und klingelte. Die Sekretärin meldete ihn an, und einen Augenblick später wurde er hereingebeten.

„Nehmen Sie Platz, Herr Pfarrer", sagte der Rechtsanwalt und sah seinen Gast unverhohlen neugierig an. „Sie sind also der Mensch, der in Oberbuchen und ganz Waldenstetten den Ortsfrieden stört."

Meinhard Krieger atmete tief durch. „Verzeihung", erwiderte er, „aber das Wort vom gestörten Frieden kann ich allmählich nicht mehr hören. Wer hat sich eigentlich in jener Novembernacht 1938 um den Frieden im Dorf gekümmert, als man das Apothekerehepaar und ein kleines Mädchen umgebracht hat, den jüdischen Mitbürgern die Scheiben einwarf und ihre Häuser anzündete?"

Der Rechtsanwalt fuhr sich mit der Hand über seine Halbglatze. „Ich sehe schon, ich habe hier einen Kämpfer für Gerechtigkeit vor mir. Sagen Sie mal, sind Sie ein Linker?"

Meinhard Krieger schüttelte den Kopf, einerseits, um die Frage zu verneinen, andererseits, weil sie ihn irritierte. „Ich bin kein Linker und ich bin in keiner Partei. Ich bin auch kein politisch übermäßig interessierter Mensch. Theologisch gelte ich bei meinen Kollegen als eher konservativ. Allerdings bin ich ein überzeugter Demokrat, und ich halte viel von Menschenrechten."

Der Rechtsanwalt nickte bedeutungsschwer, sagte aber nichts. Was will der nur von mir?, dachte Meinhard Krieger.

„Menschenrechte – das also ist Ihr Motiv?", fragte der

Rechtsanwalt nach einer Pause. „Nun ja, das ist ja aller Ehren wert."

„Da gibt es noch etwas", sagte Meinhard Krieger. „Nichts ist auf Dauer schlimmer und schädlicher für den Menschen, als seine Schuld zu verdrängen und zu verleugnen. Man muss sich ihr stellen und sie unter die Vergebung bringen. Das sagt mir die Bibel, und das hat mich das Leben gelehrt."

Werner Prokop sah ihn skeptisch an. „Das fällt den Menschen aber schrecklich schwer. Niemand gibt gern seine Schuld zu oder sagt, dass er Fehler gemacht habe. Das hat mich meine Berufserfahrung als Anwalt gelehrt. Und was die Oberbuchener angeht – das sind Dickschädel, wie es im Buche steht."

„Kennen Sie den Ort gut?", fragte Meinhard Krieger.

Der Rechtsanwalt lächelte selbstgefällig. „Davon können Sie getrost ausgehen. Seit gut dreißig Jahren lebe ich in Fliederstadt. Ich habe schon etliche Mandanten aus Waldenstetten gehabt. Von daher weiß ich, dass besonders die Oberbuchener ein streitlustiger Haufen sind. Was glauben Sie, was damals während der Kreisreform los war, um nur mal ein Beispiel zu nennen? Oberbuchen, Unterbuchen und Bartelsweiler drohte die Eingemeindung nach Fliederstadt. Der einzige Punkt, in dem sie sich einig waren, bestand darin, dass sie selbstständig bleiben wollten. Also haben sie sich unter schrecklichem Gezerre und Theater als Gemeinde ‚Waldenstetten' zusammengeschlossen. Seitdem belauern sich die drei Ortsteile gegenseitig, dass es nur ja dem Nachbarn nicht besser geht als ihnen selbst. Und die Oberbuchener streiten sich heute noch, ob ihre Entscheidung vor dreißig Jahren richtig war. Eines Tages kommt ein Pfarrer, nämlich Sie, und macht ihnen noch mehr Probleme, indem er in der Vergangenheit wühlt. Ich möchte nicht in Ihrer Haut stecken, Herr Pfarrer." Er lachte.

Meinhard Krieger konnte nicht mitlachen. Der Rechtsanwalt sah auf seine Uhr. „So, ich danke Ihnen für Ihren Besuch. Leider habe ich jetzt keine Zeit mehr für Sie. Ich habe jetzt noch einen Termin mit einem Staatsanwalt. Ich muss sagen, Sie beeindrucken mich, Herr Pfarrer. Darum sollen Sie Ihren Besuch auch nicht umsonst gemacht haben." Er drückte seinem Gast zweihundert Euro in die Hand. „Eine Spende für Ihre Gemeinde. Sie werden selbst am besten wissen, in welchen Topf Sie das Geld tun. Wenn Sie mir bei Gelegenheit eine Quittung zukommen lassen."

Beide verabschiedeten sich. Draußen schüttelte Meinhard Krieger wieder den Kopf. Das war ein merkwürdiger Besuch gewesen. Immerhin – wenn jeder, der ihn in den letzten Tagen angesprochen hatte, ihm zweihundert Euro gegeben hätte, wären die Haushaltsprobleme seiner Kirchengemeinde bald behoben. So fuhr er ganz zufrieden nach Hause.

8. Blutige Nacht

Zwei Tage später musste Meinhard Krieger wieder nach Fliederstadt in die Realschule. Er hatte in letzter Zeit seinen Wagen im Hof des Pfarrhauses geparkt und nicht in die Garage gefahren. Das Wetter war mild. Außerdem war die Garage etwas eng. In Gedanken war er schon bei seinen Schülern, als er den Wagenschlüssel ins Schloss der Fahrertür schob. Schieben wollte, denn es ging nicht, er hatte das Schlüsselloch nicht getroffen. Er versuchte es noch einmal, öffnete die Tür und legte seine Tasche auf den Rücksitz. Irgendwie schien das Auto heute niedriger zu sein als sonst. Komisch! Da fiel sein Blick auf den linken Vorderreifen. Er war platt. Auch der linke Hinterreifen hatte keine Luft mehr. Auf der rechten Seite das Gleiche. Alle vier Reifen wiesen Schnitte eines scharfen Messers auf.

„Oh nein!“, stöhnte er auf. Er fühlte sich, als ob er einen heftigen Schlag in die Magengrube bekommen hätte. So eine Gemeinheit! Er ging ins Haus und rief nach Susanne. Dann telefonierte er mit der Schule, mit der Polizei und mit seiner Werkstatt. Ihm war nach Heulen zumute.

Eine Viertelstunde später kam ein Polizeiauto mit zwei Beamten. „Das ist ja eine schöne Schweinerei!“, meinte einer der Beamten. Meinhard spürte, wie ihm diese Worte guttaten. Während einer der Beamten sich die Reifen ansah, einige Fotos machte und den Wagen nach Spuren absuchte, redete der andere mit Meinhard Krieger.

„Haben Sie einen Verdacht, wer das getan haben könnte?“ Meinhard schüttelte den Kopf. „Haben Sie Feinde?“, fragte der Polizist weiter, um sogleich seine Frage zurückzunehmen. „Vergessen Sie's, Herr Pfarrer, ich weiß, dass sich viele Leute zurzeit über Sie aufregen.“ Er wandte sich an seinen Kollegen. „Lothar, ich glaube, wir statten mal den jungen Glatzköpfen von Fliederstadt einen Besuch ab.“

Der andere Polizist nickte. „Das sieht mir auch nach Skinhead-Arbeit aus. Zuzutrauen wäre es ihnen jedenfalls. Einen Pfarrer, der Gedenktafeln für Juden will, können die bestimmt nicht leiden.“

Als der Werkstattleiter Kriegers Auto auf seinen Abschleppwagen gehievt hatte, überlegte sich Meinhard Krieger, was er an diesem Vormittag noch tun könnte. Den Unterricht in Fliederstadt hatte er abgesagt.

„Moment mal", sagte er zu sich selbst, „meine Pfeife liegt noch immer bei Hans Schlotterbeck." So machte er sich auf den Weg zu dem alten Sozialdemokraten.

„Ich dachte schon, Sie hätten Ihre Pfeife vergessen, Herr Pfarrer. Aber nicht zu rauchen, ist ja auch gesünder."

„Ich habe noch mehr Pfeifen", grinste Meinhard. „Darf ich reinkommen? Ich habe Lust, mit Ihnen zu plaudern."

„Kommen Sie, aber erzählen Sie mir nichts von Plaudern. Ich sehe Ihnen doch an der Nasenspitze an, dass Sie etwas auf dem Herzen haben."

„Ja, ich habe etwas auf dem Herzen, Herr Schlotterbeck. An Ihrem Geburtstag haben Sie mich gefragt, wie ich mit den Leuten auskomme, und Sie haben angedeutet, dass hier viel unter den Teppich gekehrt worden ist. Sie werden heute bitte Klartext mit mir reden. Ich will von Ihnen eine Lektion Heimatkunde."

Der alte Mann sah ihn ernst an und richtete seine gebeugte Gestalt auf. „Wenn Sie unbedingt meinen. Aber dann brauche ich zur Beruhigung etwas zum Rauchen. Bärbel!", rief er Richtung Küche, „bringst du mir meine Zigarren?"

„Du sollst doch nicht rauchen, hat der Arzt gesagt", hörte Meinhard Krieger eine Stimme aus der Küche.

„Weib, ich sterbe mit oder ohne Arzt. Bring mir meine Zigarren!"

„So ist er halt, Herr Pfarrer", sagte Barbara Schlotterbeck nachsichtig, die sich an die Anrede „Weib" wohl schon längst gewöhnt hatte. Sie setzte sich zu ihnen, und zu Kriegers Erstaunen zündete sie selbst sich einen Zigarillo an.

„Hier ist Ihre Pfeife. Haben Sie Ihren Tabak dabei? – Gut, dann kann es losgehen."

„Ich habe gemerkt, dass mein Vorschlag, für die Juden eine Gedenktafel aufstellen zu lassen, einige Gemüter sehr aufgebracht hat. Sie haben mich an Ihrem Geburtstag gefragt, wie ich mit den Menschen hier auskomme. Nun, ich möchte immer noch mit allen auskommen, aber anscheinend habe ich einige Leute ziemlich aufgeregt, und seitdem kommen sie mit mir nicht mehr aus. Heute Nacht hat man mir alle vier Reifen am Auto zerstochen. Meine Frau hat in einem ganz anderen Zusammenhang erfahren, wie zerstritten einige Leute sind. Was ist hier eigentlich los?"

Hans Schlotterbeck antwortete nicht gleich. Nachdenklich sah er den Rauchwolken seiner Zigarre nach. Meinhard Krieger sah an seinem Gesicht, wie es in dem alten Mann arbeitete.

„Herr Pfarrer, wenn eine Wunde nie behandelt worden ist, fängt sie an zu eitern, und es tut weh, wenn man sie berührt. Sie haben an eine solche Wunde gerührt."

Meinhard Krieger nickte. „Die sogenannte Reichskristallnacht, die hier viel heftiger ablief als in Fliederstadt."

„Ja, aber das ist längst nicht alles. Die Geschichte ist noch länger und komplizierter."

„Erzählen Sie!", forderte Meinhard Krieger ihn auf.

Hans Schlotterbeck begann zu erzählen. Ab und zu sah er seine Frau an, die dann nickte. Es war, als ob sie ihm die Kraft zum Erzählen gab.

„Oberbuchen war bis ins 19. Jahrhundert hinein ein reines Bauerndorf. Na ja, ein paar Handwerker gab es natürlich. Anfang des 20. Jahrhunderts siedelten sich einige Industriebetriebe in Fliederstadt an, zum Beispiel die große Elektromotorenfabrik, die es heute noch gibt. Andere Betriebe kamen hinzu. Fliederstadt und die Orte in seiner Umgebung wuchsen. Zu den Bauern und Handwerkern kam eine wachsende Zahl von Arbeitern. Damit veränderte sich auch das politische Spektrum. Es gab nun eine Gruppe eher sozialdemokratisch orientierter Leute. Bitte, das war keine radikale Arbeiterbewegung, wie es sie in anderen Teilen Deutschlands in jener Zeit gab. Wir hatten zum Beispiel kaum Kommunisten. Es lief hier alles etwas ruhiger und gemäßigter ab. Aber so etwas wie ein linkes Arbeiterbewusstsein gab es doch."

Er unterbrach sich. „Bärbel, hol uns bitte was zum Trinken!" Als die Gläser gefüllt waren, sprach er weiter.

„Dann kam der Januar 1933. Adolf der Große wurde Reichskanzler, und die aufgeheizte Stimmung schlug sich auch hier nieder. Natürlich hatten sogar einige der Arbeiter die NSDAP gewählt, weil sie hofften, mit Hitler würde alles besser. In den folgenden Monaten zeigte sich der Kurs der neuen Regierung immer deutlicher. Die Fronten wurden klarer."

Er schwieg einen Moment lang, und es schien, als ob er in sich hineinhörte. Dann sah er seinen Gast an.

„Wir Jungen haben das auf eine sehr schmerzliche Weise zu spüren bekommen. Sie kennen doch den schönen Südhang unterhalb des Waldes? Dort hatte sich die Arbeiterjugend eine Hütte gebaut, wo sich die jungen Leute trafen und ihre Sonntagnachmittage verbrachten. Eines Abends kam mein älterer Bruder von dort blutüberströmt nach Hause. SA-Leute hatten sie überfallen und alle Jugendlichen erbarmungslos verprügelt. ‚Das ist ab sofort unser Haus!', schrien sie. Ein paar Wochen später gab es noch einmal eine Prügelei, und damit waren die Kräfteverhältnisse in Oberbuchen endgültig geklärt. Unsere schöne Hütte wurde zum

HJ-Heim. Wir haben die Fäuste in der Hosentasche geballt, doch was sollten wir machen? Wir mussten das Maul halten. Ich bin 1922 geboren. Ich war damals also noch ein Kind, doch alt genug, um alles mitzubekommen."

Er trank aus seinem Glas und starrte ein Weilchen in die Luft. Dann sah er Meinhard Krieger an.

„Der evangelische Pfarrer half uns auch nicht. Er dachte sehr deutsch-national und hoffte, mit Hitler würde alles besser. Außerdem wollte er es mit keinem verderben. Seitdem verachte ich die Sorte Pfarrer, die es allen Leuten recht machen wollen. – Wenn ich Sie für so einen hielte, säße ich jetzt hier nicht mit Ihnen am Tisch."

Er strich seine wenigen grauen Haare zurück.

„Erzähl von den Juden, Hans", forderte ihn seine Frau auf. Er nickte langsam.

„Ja, die Juden im Dorf. Sie hatten es nicht leicht. Dennoch gab es keine nennenswerten Übergriffe. Man brauchte sie auch. Man war froh, in so einem kleinen Dorf eine Apotheke mit einem fähigen Apotheker zu haben. Goldstein war medizinisch sehr bewandert. Er hat manchen Oberbuchenern den Gang zum Arzt erspart. Dann gab es einen jüdischen Fuhrunternehmer, den Mose Stern. Auch ihn brauchte man. Einige andere Familien waren noch am Ort. Georg Goldstein, der Sohn des Apothekers, war mein Freund."

Meinhard Krieger beobachtete, wie sich bei diesen Worten die Hand des alten Mannes um die Sessellehne krampfte, dass das Weiße der Knöchel hervortrat. Barbara Schlotterbeck streichelte seine Hand.

„Georg Goldstein war Ihr Freund?", fragte Meinhard Krieger überrascht. „Wissen Sie, dass ich ihn neulich kennengelernt habe? Er hat hier einen Kurzbesuch gemacht."

Nun war Hans Schlotterbeck überrascht. Seine Augen füllten sich mit Tränen. „Ich hätte ihn gern gesehen." Er schwieg ein Weilchen. „Na ja, vielleicht hat er mich vergessen. Oder er wusste nicht, dass ich hier noch lebe." Und dann nach einer Pause: „Vielleicht wollte er auch nicht zu mir kommen nach allem, was passiert ist." Er schluchzte auf. Meinhard Krieger sah ihn aufmerksam und gleichzeitig verwirrt an.

Der alte Mann beruhigte sich wieder. „Ich erzähle wohl besser weiter. Vielleicht verstehen Sie mich dann. – Also, schließlich kam der November 1938."

Er atmete schwer.

Seine Frau blickte ihn besorgt an. „Soll ich dir deine Medizin geben, Hans?"

Er schüttelte den Kopf. „Lass es gut sein, Bärbel, es geht schon." Dann sah er wieder den Pfarrer an.

„Georg Goldstein blieb mein Freund. Davon konnte mich kein HJ-Führer abbringen. Als man die Apotheke überfiel, kam er zu unserer Hintertür und bat um Hilfe. Er wollte sich bei uns verstecken. Mein Vater, der die Nazis bis aufs Blut hasste, hat ihn dennoch weggeschickt. Ich habe ihm das nie verziehen ..."

Er schluckte und schloss die Augen. Er brauchte lange, bis er weitersprechen konnte. „In keinem Ort der Gegend wurde der 9. November so schlimm wie hier. Was in den vergangenen Jahren nicht geschehen war, hat man in dieser Nacht nachgeholt. In den Tagen danach war es, als ob das Dorf den Atem anhielt. Die Leute waren über sich selbst erschrocken, doch was geschehen war, konnte man nicht rückgängig machen. Also lebte man weiter wie vorher und schob die Schuld auf die auswärtigen Nazis, wenn man überhaupt von Schuld sprach."

„Wie ging es weiter?“, fragte Meinhard Krieger.

„Nun ja, es dauerte kein Jahr mehr, bis der Krieg begann. Man hat es sehr eilig gehabt, mich jungen Kerl an die Front zu schicken und mit mir einige meiner Kameraden, die als politisch unzuverlässig galten. Mein Bruder ist schon beim Einmarsch in Frankreich gefallen. Hier im Dorf wurden einige Leute verhaftet und in Arbeitslager gesteckt. Wissen Sie, ich meine diese kleineren Lager, die man hier im Land eingerichtet hat und von denen heute fast niemand mehr redet. Das waren keine Vernichtungslager wie im Osten. Doch auch in diesen Lagern sind Menschen an den harten Bedingungen gestorben. Ein paar ganz zuverlässige Nationalsozialisten hat man zu Wärtern gemacht. So konnte es geschehen, dass Oberbuchener sogar ihre eigenen Nachbarn bewachen mussten. Verstehen Sie jetzt, warum einige Familien bis heute miteinander verfeindet sind? Die Jungen wissen oft nicht mehr, warum. Aber von Generation zu Generation hat sich dieser Hass weitervererbt.“

„Wie konnte man nach 1945 miteinander weiterleben?“ Meinhard Krieger war fassungslos.

„Man hat das Unmögliche möglich gemacht. Irgendwie musste man ja leben, vor allem konnte man sich ja in so einem kleinen Dorf nicht aus dem Weg gehen. Also hat man versucht, zu vergessen und nicht darüber zu sprechen. Die neue Ideologie hieß ‚Wiederaufbau‘ und ‚Dorfgemeinschaft‘.“

Er schwieg und machte keine Anstalten mehr zu reden. Zu Kriegers Überraschung fing Barbara Schlotterbeck zu sprechen an.

„Mein Mann kam 1947 aus russischer Gefangenschaft. Er galt als politisch unbelastet. Die Franzosen wollten ihn darum zum Bürgermeister machen, auch wenn er damals erst fünfundzwanzig Jahre alt war. Der französische Kommandant hat nicht lange gefragt, ob mein Mann das wollte. Ein paar Monate war Hans dann Bürgermeister. Er hat getan, was er konnte, um der Bevölkerung zu helfen. Ganz vorsichtig hat er auch versucht, die Wunden der Vergangenheit anzugehen und so etwas wie ein Gespräch über die Geschehnisse im Dorf anzuregen. Man hat es ihm übel heimgezahlt. Da ist er dann zum französischen Kommandanten gegangen und hat gesagt: ‚Macht einen anderen zum Bürgermeister. Ich kann nicht mehr.' Ich habe mich damals in Hans verliebt. Er hat nicht nur von Anstand und Gerechtigkeit geredet, er hat es gelebt. Darum liebe ich ihn."

„Schwätz nicht so viel, Weib!", rief er grob. Aber sie lächelte nur, denn weder ihr noch dem Pfarrer war entgangen, dass sich die Augen des alten Mannes bei diesen Worten mit Tränen gefüllt hatten.

„Jetzt verstehen Sie, warum ich gesagt habe, es wäre besser gewesen, ich hätte mich nach dem Krieg woanders niedergelassen. – Herr Pfarrer, Ihre Frau wartet auf Sie." Er stand entschlossen auf.

Zu Hause fand Meinhard Krieger seine Frau auf der Couch sitzend. Er legte sich zu ihr, den Kopf in ihrem Schoß. Als er anfangen wollte zu erzählen, brach die ganze emotionale Anspannung der letzten Zeit aus ihm heraus, und er weinte. Dieser Vormittag hatte seine Gefühle tief getroffen. Susanne ließ ihn sich ausweinen und schwieg. Als Miriam ihren Kopf durch die Tür steckte, schickte sie ihre Tochter mit einer energischen Handbewegung wieder hinaus.

9. „Deutschland erwache“

Schliesslich kam die entscheidende Sitzung des Dorfgemeinderats. Sie war nicht so schnell beendet wie die des Kirchengemeinderats. Elektromeister Burger ärgerte sich, dass er mit seinem scheinbar so genialen Vorschlag bei Pfarrer Krieger kein Glück gehabt hatte und er sich erneut mit dem Antrag des Pfarrers beschäftigen musste. Karl Gesell stellte zornig den Antrag, die dreihundert Euro, die die Gemeinde an die Kirchengemeinde jährlich zur Wartung der Turmuhr bezahlte, ab sofort zu streichen, was ihm ein scharfes: „Machen Sie sich nicht lächerlich, Herr Gemeinderat“, seines Bürgermeisters einbrachte. Daraufhin war die kleine Fraktion „Selbstständiger Bürger“, der Karl Gesell angehörte, so verärgert, dass sie mit dem Auszug aus dem Sitzungssaal drohte. Dies wiederum reizte Thekla Spengler zu der Bemerkung, das sei die beste Idee, die die Fraktion „Selbstständiger Bürger“ in den dreieinhalb Jahren ihres Bestehens je hervorgebracht habe.

In dem entstehenden Tumult richtete die Glocke des Bürgermeisters nichts aus. Erst als er mit der Faust auf den Tisch schlug und „Himmeldonnerwetternochmal! Ruhe jetzt!“ brüllte, beruhigten sich die Gemüter.

Gemeinderat Wellauer konnte es dennoch nicht lassen zu nörgeln. „Warum stellt dieser sture Geistliche seinen Antrag noch mal?“

„Weil es sein demokratisches Recht ist, das zu tun, ob es uns nun passt oder nicht“, belehrte ihn der Bürgermeister. „Ich wäre Ihnen dankbar, meine Damen und Herren, wenn wir endlich zu einer sachlichen inhaltlichen Debatte kämen.“

Der Bürgermeister bekam seine sachliche Debatte. Am Ende fand Kriegers Vorschlag sogar eine respektable Mehrheit im Gemeinderat. Bedingung war, dass sich die evangelische Kirchengemeinde an den Kosten beteiligte. Der Bürgermeister war zufrieden.

„Unser Pfarrer hat doch Kontakt zu Gerschon Ben Chaim. Er soll ihm schreiben. Vielleicht können wir ihn und einige andere ehemalige jüdische Mitbürger zur Einweihung dieser Tafel einladen. Wenn eine Wunde eitert, muss man sie aufschneiden. Das tut weh, aber das ist der einzige Weg zur Heilung."

„Halten Sie das für eine gute Idee?", fragte Gemeinderat Wellauer, der sich sichtlich über den Abstimmungssieg des Pfarrers ärgerte.

„Ich halte das für eine ganz ausgezeichnete Idee, Herr Wellauer", knurrte Bürgermeister Kommer. „Wenn wir die Sache schon machen, dann auch richtig."

Nachdem der Gemeinderat entschieden hatte, beruhigte sich der Ort allmählich wieder. Die Zeitung brachte in ihrem Lokalteil einen ausführlichen Bericht über die Gemeinderatssitzung samt einem Bild von Meinhard Krieger. Der musste sich noch von zwei anonymen Telefonanrufern als „Nestbeschmutzer" und „Judensau" beschimpfen lassen, doch dann kehrte auch bei ihm wieder Ruhe ein. Gelegentlich kamen auch Dorfleute und gratulierten ihm. Einige sagten, sie hätten immer auf seiner Seite gestanden, und er war höflich genug, nicht zu fragen, warum sie sich dann nicht zu Wort gemeldet hatten, als die Wogen hochgegangen waren.

Es war gut, dass sich die Menschen wieder mit anderen Themen beschäftigten. Meinhard Krieger spürte, dass die letzte Zeit doch ihre Spuren bei ihm hinterlassen hatte. Er war nervöser geworden, und Susanne stellte fest, dass er immer wieder unwirsch und gereizt reagierte, ganz anders, als es sonst seine Art war.

Vor allem über die Geschichte mit den Autoreifen kam er schlecht weg. Diese Art von Gemeinheit traf ihn tief. Als er die Rechnung vom Autohaus bekam, packte ihn noch einmal die Wut. Ausgerechnet an diesem Tag kam in der Bibellese für jeden Tag die Stelle aus der Bergpredigt von der Feindesliebe vor. „Jesus, dir haben sie auch nicht alle Reifen zerschnitten!“, rief er unwillkürlich aus, um sich einen Moment später schrecklich zu schämen. Nein, sie hatten Jesus nicht die Reifen zerschnitten, sie hatten ihn lediglich ans Kreuz genagelt. Und Gerschon Ben Chaims Eltern hatten sie getötet, nur weil sie Juden waren. Was waren zerschnittene Autoreifen dagegen?

Es war eine Mischung aus Freude und Beklemmung, als er nach Israel schrieb, um von seinem erfolgreichen Antrag an den Gemeinderat zu berichten und Gerschon Ben Chaim im Namen der Gemeinde Waldenstetten und ihres Bürgermeisters zur Einweihung der Gedenktafel im Herbst einzuladen. Wenn möglich, sollte Ben Chaim noch weitere ehemalige jüdische Bewohner von Oberbuchen und Umgebung mitbringen.

Die Antwort aus Israel kam so schnell, wie es die israelische Post zuließ, das heißt, dass Meinhard Krieger doch ein Weilchen auf sie warten musste. Der Brief war dann sehr warmherzig. Gerschon Ben Chaim freute sich außerordentlich. Bei ihm im Kibbuz Lavi lebten noch einige wenige Freunde aus Fliederstadt und Umgebung. Nicht alle seien gesundheitlich in der Lage, eine solche Reise zu unternehmen, aber er wolle sofort nachforschen, ob er noch weitere Überlebende finden könne. Am Ende des Briefes stand: „Es war ein katholischer Pfarrer, der uns die Flucht aus Deutschland ermöglicht hat. Es ist ein evangelischer Pfarrer, der uns das Wiedersehen mit der alten Heimat erleichtert. Der Jude Jesus, Ihr Messias, ist doch ein Versöhner. Herzlichst! Ihr Gerschon Ben Chaim."

Meinhard Krieger freute sich sehr über diesen Brief. Es war, als ob ihm zum Trost nach aller Unbill jetzt einige gute Erlebnisse geschenkt wurden.

Zu seinem freudigen Erstaunen sah er seit einiger Zeit einen seiner Schüler hin und wieder im Gottesdienst. Markus war in der zehnten Klasse der Realschule in Fliederstadt. Im Grunde machte er es seinem Religionslehrer nicht leicht. Er liebte es, Meinhard Krieger zu widersprechen, und wenn es irgendein Argument gegen den christlichen Glauben gab, so kannte Markus es bestimmt. Aber das machte Meinhard Krieger nichts aus. Markus hatte schon manche Religionsstunde belebt und etwas „Pfeffer" in die müde Klasse gebracht, in der die Mehrheit der Schüler meinte, der Religionsunterricht sei nur dazu da, damit man sich von den anstrengenden Deutsch-, Englisch- und Mathematikstunden erholen oder die nächste Arbeit in Biologie vorbereiten konnte.

Dann allerdings strapazierte ein weiteres Ereignis Meinhard Kriegers Nerven auf das Äußerste, denn als die Bewohner von Fliederstadt eines Morgens erwachten, hatte jemand auf eine Hauswand mit roten Buchstaben das Wort „Scheißjuden" gesprüht. Noch mehr als die Aussage dieses Graffito erregte die Fliederstädter die Tatsache, dass dieses böse Wort ein schönes historisches Gebäude verunzierte, das erst vor kurzer Zeit mit großem Aufwand für teures Geld restauriert worden war. Was die Fliederstadter allerdings nicht wussten und auch die Polizei niemals herausfand, war, dass diese Untat keinen politischen Hintergrund hatte. Ein fünfzehnjähriger Bursche, der unter erheblichen Minderwertigkeitsgefühlen litt, hatte sich mit einer Spraydose endlich die Anerkennung seiner Clique verschafft.

In der lokalen Presse erschien bereits zwei Tage später ein Leserbrief, in dem der Schreiber seiner Erbitterung über diese und andere Schmierereien freien Lauf ließ. Nach einigen Bemerkungen über den allgemeinen Werteverfall kamen die Sätze, die Pfarrer Krieger wütend machten. Es sei, so der Fliederstadter Bürger, sicher nicht zu vermeiden, dass es in jeder Gesellschaft einen „braunen Bodensatz" gebe. Aber es seien diese „naiven Gutmenschen und notorischen Erinnerer", die für Unruhe sorgten, indem sie diesen Bodensatz ständig aufrührten und damit erst den Anlass für rechtsradikale Umtriebe gäben. Damit seien sie in Wahrheit „geistige Brandstifter".

Meinhard Krieger verstand sofort, dass diese Sätze auf ihn gemünzt waren. Mit einem Wutschrei knallte er die Zeitung auf den Tisch. „Ich verbitte es mir, dass so ein Arschloch mir die Schuld für antisemitische Schmierereien gibt!", brüllte er. „Ist dieser Kerl total verrückt geworden?"

Später am Vormittag entdeckte er zufällig Rechtsanwalt Prokop, als dieser auf dem Parkplatz eines Einkaufszentrums eben in seinen Wagen steigen wollte. In einem plötzlichen Entschluss ging er auf ihn zu.

„Entschuldigen Sie, Dr. Prokop, ich will Sie nicht aufhalten, aber haben Sie heute die Zeitung gelesen?"

Der Rechtsanwalt sah nicht auf und verstaute seine Einkaufstüte hinter dem Fahrersitz. „Nur flüchtig“, sagte er und suchte seinen Autoschlüssel. Dann erst sah er seinem Gegenüber in die Augen und seine Mundwinkel zuckten. „Sie meinen den Leserbrief. Habe ich recht?“

„Allerdings, den meine ich“, rief Meinhard Krieger und spürte, wie die Wut wieder in ihm hochkam.

„Und?“ Der Anwalt sah ihn fragend an.

Der Pfarrer reagierte fassungslos. „Muss ich mir das bieten lassen? Dieser Mensch gibt mir die Schuld, dass irgend so ein Nazi ‚Scheißjuden‘ an die Wand pinselt. So eine Unverschämtheit!“

„Sie fühlen sich angegriffen und in Ihrer Ehre verletzt.“

Meinhard Krieger nickte heftig. „Das kann man wohl sagen. Das ist nicht nur unverschämt, das ist doch komplette Dummheit, so etwas zu behaupten.“

„Dummheit, lieber Herr Pfarrer“, sagte der Anwalt leise und jedes Wort betonend, „Dummheit ist kein Straftatbestand.“

Meinhard Krieger sah ihn ratlos an.

„Bitte sehr“, fuhr Dr. Prokop fort, „verstehen Sie mich nicht falsch. Wenn ich mich in Sie hineinversetze, kann ich Sie sehr gut verstehen. An Ihrer Stelle wäre ich auch wütend. Aber was wollen Sie machen? Klar, wenn Sie diesen Menschen verklagen wollen wegen Beleidigung, vertrete ich Sie natürlich. Ich verdiene mein Geld damit, dass ein Mensch einen anderen vor Gericht zerrt. Aber um ehrlich zu sein, ich kann Ihnen nicht dazu raten. Wir alle müssen damit leben, dass andere Menschen anders denken als wir und teilweise geradezu abenteuerlich argumentieren. Sie verklagen den einen, und ein Dutzend andere machen dennoch weiter, weil sie genauso denken. Der Streit wird dann kein Ende nehmen.“

„Sie haben wohl recht“, murmelte Meinhard Krieger. „Entschuldigen Sie, wenn ich Sie belästigt habe.“

Als er nach Hause fuhr, verspürte er eine tiefe Niedergeschlagenheit. Er fühlte sich urlaubsreif.

Hatte er allerdings gehofft, wenigstens in den eigenen vier Wänden Frieden zu finden, sah er sich getäuscht. Es war dicke Luft. Mutter und Sohn hatten Streit.

„Schau mal, was ich in Jonas' Schulmappe gefunden habe!“, rief Susanne Krieger aufgebracht und hielt ihrem Mann eine CD unter die Nase.

„Mama ist gemein! Die schnüffelt in meinen Sachen rum!“ Jonas war wütend.

„Ich schnüffele nicht in deinen Sachen! Wie redest du eigentlich mit mir? Ich wollte dir nur helfen, dein Erdkundebuch zu finden. Du weißt selber, dass du Dinge, die du suchst, oft genug nicht findest, wenn sie vor deiner Nase liegen.“

„Was ist das denn für eine CD?“, fragte Meinhard und sah sich die Hülle genauer an. „Deutschland erwache“, war der vielversprechende Titel. Er sah seinen Sohn an. „Wo hast du denn dieses Ding her?“

Jonas antwortete nicht. Dafür antwortete Susanne: „Ich habe mir die Platte mal angehört. Unmöglich, sage ich dir! ‚Afrika den Affen, Europa den Weißen‘, so Zeug kannst du da hören. Oder Lieder, die die großartigen Helden der Wehrmacht besingen. Lauter rechtsradikales Gedankengut! Auch antisemitische Lieder habe ich gefunden.“

Meinhard stöhnte laut auf. Auch das noch! Es gab Tage, an denen sollte man am besten im Bett bleiben. Heute war so einer.

„Gefallen dir denn diese Lieder, Jonas?“, wollte er schließlich wissen.

Jonas schüttelte seinen knallroten Kopf.

„Noch mal, wer hat dir diese CD gegeben?“

„Das darf ich nicht sagen“, sagte Jonas leise.

„Hör zu, Jonas“, sagte Meinhard Krieger eindringlich, „weißt du, dass es verboten ist, solche CDs herzustellen und zu besitzen?“

Sein Sohn schüttelte wieder den Kopf.

„Also, woher hast du die Platte?“

„Das sage ich nicht.“

Da rutschte Meinhard die Hand aus, und er gab seinem Sohn eine schallende Ohrfeige.

„Meinhard!“, protestierte Susanne und nahm ihren Sohn in den Arm. „Siehst du denn nicht, dass er Angst hat?“

Jonas schossen die Tränen in die Augen.

Meinhard holte tief Luft und biss sich auf die Lippen. „Entschuldige bitte! Mir sind die Nerven durchgegangen. Jonas, es tut mir leid, dass ich dich geschlagen habe. Verzeih mir!“

Jonas liefen die Tränen übers Gesicht. Susanne sah ihren Mann in einer Mischung aus Fassungslosigkeit und Ärger an.

„Bitte, Jonas!“, sagte er. „Es tut mir wirklich leid. Solche Musik ist schlimm und macht mich wahnsinnig wütend. Aber ich hätte meine Wut nicht an dir auslassen sollen.“

Nach einigen Augenblicken, die Meinhard wie eine Ewigkeit vorkamen, beruhigte sich Jonas allmählich wieder.

Susanne versuchte zu vermitteln. „Weißt du, Papa hatte in letzter Zeit schlimmen Ärger. Da reagiert man schon mal falsch.“

Jonas schluckte.

„Kannst du uns wirklich nicht sagen, von wem du die CD bekommen hast?“

„Sie gehört mir nicht, Mama. Heiko aus meiner Klasse hat

sie mir ausgeliehen. Ich glaube, er hat sie von seinem großen Bruder. Mehr weiß ich nicht."

„Gut, Jonas, ich glaube dir. Weißt du, ob in deiner Schule noch mehr solche CDs verteilt werden?"

Jonas zuckte mit den Achseln. „Ich hab keine Ahnung."

„Sag mir bitte Bescheid, wenn du mitbekommst, dass da noch mehr läuft. Versprich mir das! Weißt du, es ist sehr schlimm, wenn einige Leute Lieder produzieren und verteilen, in denen andere Menschen schlechtgemacht werden. Du bist auch alt genug, um zu wissen, dass es früher in Deutschland eine Regierung unter Adolf Hitler gegeben hat, die alle Juden töten wollte und die den Zweiten Weltkrieg begonnen hat. Viele Millionen Menschen sind so auf grausame Art umgekommen. Es ist sehr wichtig, dafür zu sorgen, dass so etwas nicht wieder passiert."

Jonas nickte. „Ich finde diese Lieder ja auch Scheiße. Was machst du jetzt mit der Platte, Papa?", fragte er ängstlich. „Wenn ich sie Heiko nicht wiedergebe, kriege ich ziemliche Probleme."

„Gib sie ihm wieder, aber sag ihm, was du von solchen Liedern hältst."

Als Meinhard mit Susanne allein war, sagte er: „Ich will Jonas nicht in Schwierigkeiten bringen. Aber ich glaube, ich werde dennoch mal mit seinem Schulleiter reden. Die Lehrer sollten sehr wachsam sein."

Bald darauf bekamen Meinhard und Susanne eine Einladung zu einem Abendessen. Ein Ehepaar Gröner, das zu ihrer Kirchengemeinde gehörte, lud sie ein. Allerdings sah Meinhard sie nur selten im Gottesdienst, da sie sich in einer freien Gemeinde engagierten.

Sie begrüßten Susanne und Meinhard Krieger sehr herzlich. „Da Sie Israel-Freunde sind, gibt es heute lauter israelische Spezialitäten." So kamen Kriegers in den Genuss von Pita mit Falafel.

Nach dem Essen saßen sie bei einem vorzüglichen israelischen Weißwein beisammen, und Gröners ließen durchblicken, dass israelischer Wein in Deutschland nicht einfach und nur zu einem stattlichen Preis zu bekommen sei. Meinhard Krieger, der gern einen guten Wein trank, wusste diese Art der Gastfreundschaft zu würdigen. Gröners hatten schon mehrmals Israel bereist und zeigten einige ihrer schönsten Fotos. Dabei erzählten sie so begeistert, dass Kriegers Lust immer größer wurde, dieses Land auch einmal zu bereisen.

„Haben Sie in Israel eigentlich irgendwann einmal Schwierigkeiten bekommen, weil Sie Deutsche sind?", wollte Susanne wissen. „Ich meine, nach allem, was in der Vergangenheit geschehen ist?"

Gröners schüttelten den Kopf. „Nein, nie. Wir sind immer freundlich behandelt worden."

„Diese gute Erfahrung in Israel hilft mir auch, mein eigenes Land zu lieben. Und es ist so wichtig, dass wir das tun", ergänzte Reinhard Gröner.

Meinhard lächelte höflich, um ein gewisses Erstaunen über die Worte seines Gastgebers zu verbergen. „Der frühere Bundespräsident Heinemann hat einmal auf die Frage, ob er sein Vaterland liebe, geantwortet, er liebe seine Frau."

Damit schien Manuela Gröner nicht ganz einverstanden zu sein. „Also ich finde, wir sollen Deutschland lieben."

„Es ist so wichtig, dass wir ein gesundes Verhältnis zu unserer eigenen Nation haben", stimmte Reinhard Gröner seiner Frau zu. „Wir müssen unser Land lieben."

Nun verbarg Meinhard sein Erstaunen nicht länger. „Wie meinen Sie das? Warum müssen wir unser Land lieben?“, wollte er wissen.

„Wie soll Deutschland seine ihm von Gott gegebene Bestimmung finden, wenn die Deutschen ein so gebrochenes Verhältnis zu ihrer Nation haben?“, fragte Reinhard Gröner zurück.

„Nun, ich finde in der Bibel klare Hinweise darauf, dass Israel eine solche Bestimmung hat. Von Deutschland ist da meines Wissens nicht die Rede“, antwortete Meinhard Krieger und bemühte sich, nicht überheblich zu klingen.

„Ich weiß, in der Landeskirche wird das meistens nicht gelehrt, aber Gott hat die Nationen geschaffen, und darum hat auch jede Nation eine göttliche Bestimmung. Wir sind davon überzeugt.“

„Na, ich weiß nicht so recht“, zweifelte Susanne Krieger. „Sicherlich hat jeder Mensch eine Berufung. Aber jede Nation?“

„Doch, doch“, rief Manuela Gröner eifrig. „Das ist so. Deutschland hat in dieser Welt eine ganz bestimmte Aufgabe. Die gilt es zu erkennen. Das können wir aber nur, wenn wir zu unserem Vaterland eine versöhnte Beziehung haben. Christen haben die Aufgabe, Unrecht zu vergeben. Sie müssen auch ihrem Land vergeben. Hitler und die Nationalsozialisten haben großes Unrecht begangen. Das steht außer Frage. Wir wollen das nicht verharmlosen. Um ihre Ziele zu erreichen, haben die Nazis jedes positive Nationalgefühl, das die Menschen hatten, auf das Schändlichste missbraucht. Nun haben wir Christen die Aufgabe dazu beizutragen, dass jeder Deutsche wieder eine gesunde innere Beziehung zu seinem Vaterland aufbauen kann.“

„Wenn Sie sich damit weiter auseinandersetzen wollen, kann ich Ihnen ein paar gute Aufsätze von christlichen Autoren mitgeben“, bot Reinhard Gröner an.

Meinhard Krieger kam diese Rede vom „positiven Nationalgefühl“ und der „versöhnten Beziehung zu Deutschland“ etwas unheimlich vor, aber er schwieg, weil er keine Auseinandersetzung wollte.

Auf dem Heimweg war er sehr nachdenklich. „Was hältst du von ihren Ansichten?“, fragte er seine Frau.

„Gröners meinen es bestimmt gut, und sie wollen das Gute.“ Sie spürte, dass er mit dem Verlauf des Abends nicht einverstanden war.

„An ihrem guten Willen zweifle ich nicht“, antwortete er etwas aufgebracht, „aber das sind junge Leute. Sie sind weit davon entfernt, durch das Dritte Reich irgendeinen Schaden genommen zu haben. Sie können leicht vom positiven Nationalgefühl und von einer versöhnten Beziehung zu Deutschland sprechen. Es kostet sie fast nichts. Wenn einer wie Gerschon Ben Chaim sagt: ‚Ich will Versöhnung‘, dann ist das eine ernste und ernst zu nehmende Angelegenheit. Aber diese Art von Versöhnung und Vergangenheitsbewältigung, von der sie reden, könnte am Ende nur denen in die Hände spielen, die aus der Geschichte nichts lernen wollen, auch wenn Gröners das bestimmt nicht beabsichtigen!“

Der nächste Tag war sehr heiß, und auch die Nacht brachte nur wenig Abkühlung. Kriegers hatten das Schlafzimmerfenster weit geöffnet. Sie erschraken darum fürchterlich, als mitten in der Nacht gegen halb zwei Uhr die Sirene auf dem Dorfgemeinschaftshaus losheulte und die Männer der freiwilligen Feuerwehr zu einem Einsatz rief. Kriegers sahen aus ihren Fenstern, ob sie irgendetwas erkennen konnten. Es war vergeblich. Es brannte wohl außerhalb von Oberbuchen.

Doch als Miriam am nächsten Tag aus der Schule kam, wusste sie genau Bescheid. „Es hat in Bartelsweiler gebrannt. Das Haus, in dem Yasmin gewohnt hat, ist abgebrannt. Wahrscheinlich gab es einen Kurzschluss in einer elektrischen Leitung. Die Ärmste! Die Gemeinde ist gerade knapp mit Notunterkünften. Stellt euch mal vor, die große Familie muss jetzt in einer kleinen Zweizimmerwohnung hausen."

Am Nachmittag hatte sie mit ihrem jüngeren Bruder eine Menge zu besprechen. Gegen Abend gingen sie zu ihren Eltern. „Können wir mit euch mal im Ernst reden?"

Als sie die Aufmerksamkeit ihrer Eltern hatten, sagte Miriam: „Ihr wisst doch, dass Yasmin meine Freundin ist, und sie muss jetzt mit ihren Eltern und vier Geschwistern in zwei kleinen Zimmern unterkommen. Da habe ich mir gedacht, sie könnte doch die nächste Zeit zu mir ziehen. Bei uns im Pfarrhaus ist doch Platz."

„Ja", fügte Jonas hinzu, „wir hätten sogar noch Platz für ihre Schwester Nilgün."

„Nilgün ist so alt wie Jonas, und er wäre gern mit ihr zusammen", verpetzte ihn seine Schwester.

Er sah sie böse an. „Blöde Kuh!", rief er und wurde rot. Sie streckte ihm die Zunge heraus.

„Kinder, ihr seid ja sehr mitfühlend", sagte Susanne, „aber ich weiß nicht so recht."

„‚Brich dem Hungrigen dein Brot, und die im Elend ohne Obdach sind, führe ins Haus!' Das steht in der Bibel, Mama!"

Susanne lachte laut auf. „Wie tröstlich, dass es in diesen gottlosen Zeiten wenigstens noch bibelfeste Pfarrerstöchter gibt! – Was meinst du, Meinhard?"

„Tja, ich bin mir da auch nicht so sicher. Ich glaube, Türken haben so ihre eigenen Ansichten, wenn es darum geht, dass ihre unverheirateten Töchter außerhalb des eigenen Hauses schlafen sollen."

„Lass es uns versuchen, Papa. Bitte!"

„Na gut, Miriam, aber du kommst mit, wenn wir die Eltern fragen."

So kam es, dass Yasmin und ihre Schwester Nilgün für einige Zeit ins Pfarrhaus zogen. Die Verhältnisse der türkischen Familie in ihrer Notunterkunft waren wirklich äußerst beengt. Vielleicht hätte ihr Vater bei einer anderen Familie nicht zugestimmt, aber dem evangelischen Pfarrer vertraute er.

Doch auch Markus, Kriegers Schüler aus der zehnten Klasse, zog es nun immer wieder ins Pfarrhaus. Der Grund war Yasmin und nicht etwa sein Religionslehrer. Miriam wurde beinahe eifersüchtig, weil es Yasmin gefiel, wie ihr der Junge den Hof machte.

Meinhard und Susanne genossen die Zeit, in der die beiden türkischen Mädchen bei ihnen wohnten. Sie waren nett, fügten sich unkompliziert in das Familienleben ein, und ihre beiden eigenen Kinder blühten durch den Besuch auf. Zu den Eltern der beiden Mädchen entstand eine herzliche Beziehung.

Einige Tage nach dem Brand saß ein Kriminalbeamter aus der Kreisstadt Bürgermeister Kommer in dessen Amtszimmer gegenüber.

„Unsere Ermittlungen wegen der Brandursache sind abgeschlossen. Der Brandherd lag eindeutig nicht in der elektrischen Anlage des Hauses, wie anfangs alle vermutet hatten. Diese Anlage war ja vor noch gar nicht langer Zeit erst erneuert worden."

„Sie machen mich neugierig", sagte der Bürgermeister. „Woran lag es dann? Hat die Familie bei einer Kerze nicht aufgepasst?"

„Nein. Der Brandherd lag zweifelsfrei im Erdgeschoss. Das ist doch ein älteres Haus, und eine hölzerne Treppe führt in einem Bogen in den ersten Stock. Unter dieser Treppe ist ein Hohlraum, der als Abstellkammer oder Verschlag ausgebaut ist. Familie Demir hatte dort allerhand Sachen gelagert, vieles davon brennbar. In diesem Verschlag haben wir nicht nur Spuren von Brandbeschleunigern gefunden, sondern einige durch die Hitze allerdings stark beschädigte Teile, die uns vermuten lassen, dass dort jemand eine Art elektronischen Zünder deponiert hat. Das Haus sollte abbrennen!"

Bürgermeister Kommer machte ein bestürztes Gesicht. „Wer macht denn so etwas?"

„Tja, das werden wir herausfinden müssen. Tun Sie uns einen Gefallen, und reden Sie mit niemandem darüber. Wir wollen, so lange und so gut es in diesem Fall geht, verborgen ermitteln. Die Leute sollen ruhig glauben, dass es ein technischer Defekt war."

„Könnte es Familie Demir selber …" Der Bürgermeister sprach die Frage nicht ganz aus.

Der Polizist schüttelte entschieden den Kopf. „Nein, die Hausbewohner waren es nicht. Erstens hat die Familie durch diesen Brand keinen materiellen Vorteil. Im Gegenteil! Zweitens konnte die Familie das Haus nur unter Lebensgefahr verlassen, als es gebrannt hat. Schließlich war die hölzerne Treppe eines der ersten Teile, die Feuer gefangen haben. Da steckt irgendjemand anderes dahinter."

„Und haben Sie keinerlei Verdacht?"

Der Kriminalbeamte zuckte mit den Achseln. „Um ehrlich zu sein, tappen wir noch ziemlich im Dunkeln. Wir haben allerdings herausgefunden, dass es in der Türkei eine Gruppe gibt, die ziemlich radikal für eine strikte Trennung von Staat und Religion kämpft und die sich ‚Atatürks Erben' oder so ähnlich nennt. Jedenfalls eine Gruppe, die keiner Auseinandersetzung mit den Islamisten aus dem Weg geht. Herr Demir hat entweder zu dieser Gruppe gehört oder zumindest enge Kontakte zu ihnen gepflegt. Vielleicht war dieser Brand die Rache streng religiöser Kreise unter türkischen Muslimen. Aber wie gesagt: Noch wissen wir nichts. Wir ermitteln in alle Richtungen."

Auch Meinhard Krieger bekam Besuch von der Polizei. Allerdings ging es da um seine Autoreifen.

„Also, die Skinheads von Fliederstadt waren es eindeutig nicht", sagte ein Polizist. „Die hatten alle ein Alibi für diesen Abend. Jedenfalls können wir denen nichts nachweisen. So leid es mir tut, Herr Pfarrer, es könnte sein, dass wir den Burschen, der das getan hat, nie erwischen werden."

10. Kain und Abel

Und es begab sich, als sie auf dem Felde waren, erhob sich Kain wider seinen Bruder Abel und schlug ihn tot." Nachdenklich kaute Meinhard Krieger an einem Bleistift. Vor ihm lag ein Blatt Papier. Es war Freitagabend, und er bereitete die Predigt für den nächsten Sonntag vor.

Mittlerweile war es September. Eine schöne und ruhige Sommerzeit lag hinter Familie Krieger. Vor Kurzem waren die Sommerferien in Baden-Württemberg zu Ende gegangen. Die beiden türkischen Mädchen waren nach der zweiten Ferienwoche wieder zu ihrer Familie zurückgegangen. Da war die Gemeinde so weit, dass sie der Familie eine größere Wohnung als Übergangsquartier zur Verfügung stellen konnte. Bei Kriegers hatte der Alltag wieder Einzug gehalten. Dazu gehörte die Vorbereitung der nächsten Predigt.

„... und schlug ihn tot". Vor Meinhards innerem Auge stand wieder das gespenstische Bild jener Februarnacht auf dem Autobahnparkplatz in der Bayerischen Rhön. Die Männer, die auf den am Boden Liegenden eintraten und einschlugen, das bis zur Unkenntlichkeit entstellte, blutige Gesicht. Nie würde er diese Szene vergessen.

„Da sprach der Herr zu Kain: Wo ist dein Bruder Abel? Er sprach: Ich weiß nicht; soll ich meines Bruders Hüter sein?" Meinhard Krieger seufzte und fuhr sich mit der Hand übers Gesicht. Wie alt war diese Geschichte, und sie hatte doch nichts von ihrer Wahrheit verloren. „Soll ich meines Bruders Hüter sein?" Diese Frage tarnte sich heute hinter anderen Fragen: Um was soll ich mich denn noch kümmern? Wer bin ich denn, dass ich die Verhältnisse ändern könnte? Was kann ich schon dagegen tun, dass so viele Kinder in der Welt verhungern? Was gibt Ihnen das Recht, den Frieden im Dorf zu stören?

Meinhard Krieger lachte bitter auf. Wie konnte es auf der Welt wirklich Frieden geben, solange man sich nicht für den Zustand der Welt verantwortlich wusste? „Der Herr aber sprach: Was hast du getan? Die Stimme des Blutes deines Bruders schreit zu mir von der Erde." Die Menschen schienen immer zu vergessen, dass sie sich einmal verantworten, also dem Herrn der Schöpfung Antwort geben mussten.

Meinhard überlegte angestrengt, wie er die Aussage dieser Geschichte seiner Gemeinde nahebringen konnte. Das Problem solcher bekannten biblischen Geschichten wie der vom ersten Mord war ja, dass die Predigthörer unter Umständen gar nicht mehr richtig zuhörten. „Kain und Abel? Ach ja, diese alte Geschichte. Die kenne ich schon."

Da kam ihm eine Idee. Wie wäre es, wenn er als Predigteinstieg jenes Erlebnis auf dem Autobahnparkplatz erzählte? Da würden sogar seine Konfirmanden zuhören. Er zögerte dennoch einen Moment. War es nicht doch ein wenig heikel, davon zu erzählen? Er wusste nur, dass der Mann an den Schlägen gestorben war. Vom Stand der polizeilichen Ermittlungen hatte er keine Ahnung. Aber die würden durch diesen Predigteinstieg gewiss nicht beeinträchtigt. Womöglich war die Sache ohnehin schon längst aufgeklärt.

So erzählte er am nächsten Sonntag seine Geschichte, und er hatte sich nicht geirrt: Die Gemeinde hing an seinen Lippen. Selbst Kirchengemeinderat Waldemar Lautenschlager, der seit Kriegers Vorpreschen wegen der Gedenktafel seinem Pfarrer spürbar kritisch gegenüberstand, meinte, es sei doch erstaunlich, wie aktuell so alte biblische Geschichten seien. Krieger habe das gut zu vermitteln gewusst.

Am nächsten Morgen beim Frühstück mit Susanne sah Meinhard auf die Uhr. Er musste das Haus rechtzeitig verlassen. Für alle Pfarrer des Kirchenbezirks stand heute ein theologischer Studientag auf dem Programm. Ein Dozent der Universität Tübingen sollte der Referent sein. Da klingelte das Telefon. Susanne nahm ab. Dann wandte sie sich an ihren Mann.

„Du kannst dir mit dem Frühstück ruhig Zeit lassen. Die Dekanatssekretärin hat eben angerufen. Euer Referent ist plötzlich erkrankt, und darum fällt eure Veranstaltung aus."

„Schade", sagte er etwas enttäuscht, „ich hatte mich darauf gefreut. Na ja, da kann man nichts machen. Ich habe auch so noch genug zu tun. Es sind noch Besuche zu erledigen, und zwei Briefe sollte ich auch noch schreiben."

Susanne Krieger sah ihren Mann an und war ebenfalls ein wenig enttäuscht. „Dass du immer nur an deine Arbeit denken kannst! Hätte euer Studientag stattgefunden, hätten die Besuche und Briefe auch warten müssen. Da schenkt dir der liebe Gott einen freien Tag, und du denkst nur an deine Pflichten. Außerdem ist heute Montag. Nannte man den nicht mal früher den ‚Pfarrersonntag'? Komm, lass uns heute mal was gemeinsam unternehmen."

„Hm, ich weiß nicht so recht." Er sah aus dem Fenster. Es war ein wunderschöner Tag, der warm zu werden versprach. Der Himmel hatte dieses tiefe, stählerne Blau, das nur der frühe Herbst bringt. Vielleicht war Susannes Idee gar nicht so schlecht.

„Meinhard, gib deinem Herzen einen Stoß. Ich freue mich, wenn wir mal einen Tag für uns haben. Das ist selten genug."

„Okay, überredet! Was machen wir?" Er überlegte kurz. „Wir könnten wandern", sagte er dann eifrig. „Es gibt hier in der Gegend noch so viele Stellen, die wir nicht kennen. Ich habe gehört, dass man von den Bergen der Balinger Alb eine ganz tolle Aussicht hat. Mit dem Auto ist der Weg dorthin schnell zu schaffen."

Sie verzog ein wenig das Gesicht. „Wandern?", meinte sie gedehnt. „Ja, das ist bestimmt sehr gesund."

Er sah sie amüsiert an. „Nach gesunden Sachen scheint dir ja nicht der Sinn zu stehen. Was für eine Idee hast du?"

Sie bekam glänzende Augen. „Du, mir ist nach einer Stadt zumute. Nach einer richtigen Stadt, nicht nach so einer Möchtegernstadt wie Fliederstadt. Also Reutlingen sollte es schon sein. Oder noch besser Ulm. Ich war schon so lange nicht mehr in Ulm."

„Und was machen wir in Ulm?" Seine Begeisterung hielt sich spürbar in Grenzen.

„Schaufenster anschauen", strahlte sie.

„Schaufenster?", fragte er entgeistert. „Ach du dickes Ei! Fällt dir nichts Besseres ein? Außerdem haben wir nicht so viel Geld. Uns hängt immer noch der letzte Umzug an, und im Urlaub waren wir auch nicht so sparsam."

„Es geht doch gar nicht ums Kaufen. Nur mal schauen. Wir Frauen brauchen so was manchmal."

„Frauen!", stöhnte er auf.

Sie sah ein, dass sie ihn motivieren musste. „Du wolltest doch eine schöne Aussicht. Wir könnten auf den Turm des Münsters gehen. Bei entsprechendem Wetter kannst du von dort sogar die Alpen sehen."

„Susanne, weißt du, dass das 768 Stufen sind? Wohlgemerkt – in einer Richtung! Tu mir das nicht an. Schaufenster! Treppensteigen! Irrsinn, dein Name ist ‚Weib'."

Sie nahm ihn in den Arm. „Ach, komm, sei nicht so! Ich mache dir einen Vorschlag: Wir fahren bald los. Am Vormittag machen wir den Schaufensterbummel. Dann lade ich dich zum Essen ein, und am Nachmittag gehen wir ein wenig wandern. Kennst du das Lone-Tal in der Nähe von Ulm? Da bin ich als Kind oft gegangen. Es gibt dort sogar berühmte Höhlen."

Er schien etwas versöhnt. „Meinetwegen. Aber was machen die Kinder? Die kommen doch gegen eins von der Schule."

„Die kommen prima ohne uns aus. Sie sind alt genug. Wir legen ihnen einen Zettel hin. Ich koche gleich kurz etwas vor. Das müssen sie sich dann nur noch warm machen. In der Zwischenzeit kannst du vielleicht sogar einen deiner Briefe schreiben."

„Du bist eine Rabenmutter", grinste er.

„Dann bist du der Rabenvater", gab sie zurück und ging in die Küche.

So machte Meinhard Krieger einen Schaufensterbummel in Ulm, mit dem er sich aber erst richtig aussöhnte, als er im Fenster eines Tabakwarengeschäftes teure Dunhill-Pfeifen bewundern konnte. Dann suchten sie nach einem gemütlichen Lokal. Das hinderte Susanne aber nicht, vor dem Schaufenster eines Juweliergeschäfts stehen zu bleiben. Er sah die Preise und verlor schnell das Interesse an den Schmuckstücken. Es war nichts dabei, was er Susanne hätte schenken können. So sah er sich auf der Straße um, als ein Auto seinen Blick fesselte. Es war ein dunkelroter Opel Admiral, der da am Straßenrand an einer Parkuhr stand. „Sieh mal einer an!", sagte er zu sich selbst. „Ich habe schon lange keinen Admiral mehr gesehen. Wie alt mag die Kiste sein?" Der Wagen hatte ein Reutlinger Kennzeichen.

„Schau mal, Meinhard", rief Susanne entzückt, „was für ein geschmackvolles Design!" Hingerissen schaute sie auf die Ringe, Broschen, Ketten und Anhänger.

Er hörte sie gar nicht, sondern sah immer noch auf den Opel Admiral. Die konnten damals auch schöne Autos bauen, dachte er. Heute sehen sich viele Autos zum Verwechseln ähnlich. Er ging etwas näher heran und sah das Heck des Autos aus einer anderen Perspektive. Da tauchte plötzlich ein Bild aus seinem Gedächtnis auf und stand vor seinem inneren Auge. Damals auf dem Autobahnparkplatz – hatte dieses Auto nicht so ähnlich ausgesehen?

„Also diese Brosche ist fantastisch! Ich liebe Turmalin. In Fliederstadt bekommst du so was nie zu sehen. – Meinhard! Meinhard, hörst du mir überhaupt zu?"

Er wandte sich seiner Frau zu. „Was hast du gesagt? Komm, lass uns weitergehen. Ich habe Hunger. Da vorn ist ein griechisches Lokal. Wir wollen uns mal die Speisekarte anschauen." Sie nahm seinen Arm, während er sich für alle Fälle doch das Kennzeichen des Autos einprägte.

„Ich habe da ein Auto gesehen, das mich an mein Erlebnis an der Autobahn erinnert hat", informierte er Susanne.

„Was für ein Auto?", fragte sie.

Er blieb stehen. „Siehst du den dunkelroten Admiral? Aber was ist das?"

In diesem Augenblick schloss ein Mann das Fahrzeug auf. Ein baumlanger Kerl mit breiten Schultern. „Um Himmels willen", flüsterte er, „Susanne, so einen Typ habe ich gesehen. So einen riesigen, breiten Kerl. Das darf doch nicht wahr sein!" Er wollte sich den Mann noch genauer anschauen, aber da fuhr der Opel Admiral los.

„Susanne", sagte er in höchster Erregung, „ich muss unbedingt Kommissarin Neidling anrufen."

„Bist du denn sicher, dass es dieser Mann und dieses Fahrzeug war?" Sie sah ihn skeptisch an. „Du weißt doch gar nicht genau, was das für ein Auto damals war. Das Ganze liegt auch schon mehr als ein halbes Jahr zurück."

„Sicher? Natürlich bin ich nicht sicher!", rief er in höchster Erregung. „So genau konnte ich das alles nicht erkennen. Aber es könnte dieses Fahrzeug und dieser Mann sein. Ein älteres, größeres Fahrzeug, was immerhin ein Opel Admiral gewesen sein könnte, und ein Kleiderschrank von einem Mann. So viele Übereinstimmungen! Das kann doch kein Zufall sein."

Ihre Zweifel blieben. „Doch, das kann sehr wohl ein Zufall sein. Ein so großer Mensch wird sich ja nicht gerade ein Miniauto kaufen. Am Ende setzt du die Polizei auf einen völlig unschuldigen Menschen an. Außerdem dürfte die Sache ohnehin schon längst aufgeklärt sein."

Er rieb sich mit der rechten Hand das Kinn. „Das muss ich riskieren", sagte er mehr zu sich selbst als zu seiner Frau. „Wenn die Sache aufgeklärt ist, wird die Polizei diesen Fahrer auch nicht aufsuchen. Aber wenn die Sache nicht aufgeklärt ist ... Kannst du denn nicht verstehen, dass mir diese ganze Sache ungeheuer nachgeht?"

„Natürlich verstehe ich das", sagte sie versöhnlich. „Du hast ja auch recht. Hast du dir die Nummer von dem Auto gemerkt?"

Er nickte. Dann wurde er ärgerlich. „Wir hocken in Ulm, und die Telefonnummer von dieser Neidling liegt in meinem Schreibtisch."

„Jetzt beruhige dich mal, Meinhard. Du hast dein Handy dabei und kannst dich unmittelbar über den Operator mit der Neidling verbinden lassen oder dir über die Auskunft die Nummer von der Kripo in Fliederstadt geben lassen."

„Ich bin ein Idiot!", rief er.

11. Kommissar Zufall

Als Kommissarin Neidling am frühen Abend ihr Büro betrat, fand sie ihren Assistenten noch an seinem Schreibtisch.

„Na, Kloth, noch keine Lust auf Feierabend?“

„Lust schon“, erwiderte er, „aber ich wollte nicht gehen, ohne vorher noch einmal das liebe Gesicht meiner Vorgesetzten zu sehen.“

Sie zog die Augenbrauen nach oben und sah ihren Kollegen mit einem amüsierten Blick an. „Kloth, Sie sind ein schamloser Lügner. Was soll der Quatsch? Hauen Sie ab. Ihre Frau wartet bestimmt schon auf Sie.“

„Na, schön“, grinste er, „dann erzähle ich Ihnen eben erst morgen das Neueste.“

„Kloth, Sie und Ihr komischer Humor! Was ist los? Was für Neuigkeiten gibt es?“

„Erinnern Sie sich an den Pfarrer Krieger aus Waldenstetten, den wir damals wegen so einer Geschichte an einem Autobahnparkplatz befragt haben?“

„Ja, aber das war doch eine Sache der bayerischen Polizei. Was ist mit diesem Pfarrer? Ist er zu schnell gefahren?“

„Nein“, antwortete der Kriminalhauptmeister, „das ginge uns sowieso nichts an. Nee, der rief heute an, total aufgeregt. Also, er könne sich ja täuschen, und er wolle auch niemanden falsch verdächtigen, und vielleicht sei ja auch an der ganzen Sache nichts dran, und höchstwahrscheinlich sei alles schon aufgeklärt usw.“

„Mensch, Kloth, machen Sie es nicht so spannend. Was ist los?“

Er genoss es, seine Vorgesetzte noch ein wenig auf die Folter zu spannen, und suchte eine Zigarette.

„Der Herr Pfarrer war heute in Ulm, und da hat er ein Auto gesehen, das damals das Fluchtfahrzeug gewesen sein könnte. Und – das ist wirklich spannend – er hat einen Mann einsteigen sehen, auf den seine Beschreibung von damals gepasst hat. Er sprach doch von so einem riesigen Kerl. Erinnern Sie sich?"

„Hat er Ihne das Kfz-Kennzeichen mitgeteilt?"

„Hat er."

„Und?"

„Bingo! Das Auto gehört einem gewissen Paul Schmitthenner. Der ist Kfz-Mechaniker und wohnt in Reutlingen. Das Schlimmste, was ich zunächst über ihn herausbekommen habe, war, dass er drei Punkte in Flensburg hat. Doch dann habe ich noch was rausbekommen."

Die Kommissarin setzte sich und sah ihren Assistenten gespannt an. Der zündete seine Zigarette an und sagte: „Er ist schon mal ins Visier des Landeskriminalamts geraten. Er scheint zur rechten Szene zu gehören. Jedenfalls hat ihn der Verfassungsschutz schon mehrfach bei entsprechenden Veranstaltungen gesehen. Nicht bei Demos oder irgendwelchen Krawallgeschichten, da hält er sich hübsch raus. Aber wenn es um politische Schulungen geht und wenn rechte Ideologen reden, dann ist dieser Schmitthenner mit schönster Regelmäßigkeit dabei."

„Das müssen wir den bayerischen Kollegen melden, Kloth!"

„Schon erledigt, Frau Kommissarin. Die haben auch ganz große Ohren bekommen, als ich ihnen das erzählt habe, denn aufgeklärt wurde diese Geschichte bis auf den heutigen

Tag noch nicht. Natürlich hatten sie schon längst die Identität des Toten festgestellt. Es handelt sich da um einen Walter Miller. Interessanterweise war der auch ein Baden-Württemberger, der mal in der Nähe von Tübingen gewohnt hat und – jetzt halten Sie sich gut fest – ebenfalls Kontakt zur rechten Szene hatte. Dann ist er plötzlich von dort verschwunden und ist nach Bischofsheim umgezogen."

„Donnerwetter!", sagte die Kommissarin anerkennend. „Kloth, Sie haben mir eine Überraschung bereitet. Kompliment auch an unseren aufmerksamen Pfarrer. Nur eines verstehe ich nicht. Wenn die Kollegen in Bayern wussten, dass dieser Miller ein Rechtsextremer war, warum sind sie dann im Rahmen ihrer Ermittlungen nicht schon früher auf diesen Schmitthenner gekommen?"

Kriminalhauptmeister Kloth zuckte die Achseln. „Ich weiß es nicht. Natürlich haben mir die Kollegen in dem Telefonat nicht ihre sämtlichen Ermittlungen mitgeteilt. Außerdem wäre es ja nicht das erste Mal, dass man mal was übersieht oder dass ein falsches Alibi nicht gleich als solches erkannt wird. Und so konkret waren damals die Hinweise des Herrn Krieger ja auch nicht. Weiß der Geier, was da schiefgelaufen ist."

„Umso besser, dass uns Kommissar Zufall in Gestalt des Herrn Pfarrer zu Hilfe kommt. Haben Sie das LKA schon kontaktiert?"

„Natürlich, und die bayerischen Kollegen tun das auch. Schmitthenner wird interessanten Besuch bekommen."

Diesen Besuch bekam Paul, und es blieb ihm nichts anderes übrig, als danach Kontakt mit dem Chef aufzunehmen. Zwei Tage später saßen sie in einem Café in Esslingen zusammen. Paul war sichtlich geknickt.

„Chef, glaub mir, ich habe keine Ahnung, wie die Bullen auf mich gekommen sind. Was ist da bloß schiefgelaufen?“

„Ich habe dir doch gesagt, dass ihr euch damals idiotisch verhalten habt. Was ist mit deinem Auto? Warum kommst du heute nicht mit deinem Opel?“

„Den untersuchen die Bullen nach Spuren“, sagte Paul kleinlaut.

Der Chef musste sich beherrschen, um in dem Café nicht loszubrüllen. „Gnade dir Gott, wenn die was finden!“

„Chef, die werden keine Spuren finden. Ich habe dir gesagt, dass ich mein Auto am nächsten Tag auseinandergenommen habe.“

Der Chef sah Paul böse an. „Du hast also wirklich keine Ahnung, wie die Polizei auf dich gekommen ist?“

„Chef, ich weiß es wirklich nicht. Die haben natürlich herausbekommen, dass dieser Verräter auch mal zu uns gehört hat. Und jetzt suchen sie systematisch in unserer Bewegung. Aber glaub mir, die werden nichts finden. Wir werden allerdings damit rechnen müssen, dass sie noch mehr Kameraden verhören.“

„Das ist verdammt unangenehm, Paul. Aber wenn sie überall in der Bewegung suchen, warum haben sie dann ein so großes Interesse an deinem Auto?“

Paul zuckte mit den Achseln und blies geräuschvoll Luft aus den geblähten Backen. „Na ja, der Autofahrer hat damals einen größeren Pkw gesehen, und mein Admiral ist ein größerer Pkw. Das macht mich verdächtig. Andererseits, andere Leute haben auch große Autos.“

„Sag mal, Paul“, fragte der Chef lauernd, „dieser Autofahrer, der euch damals überrascht hat, meinst du nicht, dass er dich erkannt hat?“

Paul schüttelte den Kopf. „Das glaube ich nicht. Was kann der schon gesehen haben?"

„Und du weißt auch nicht, wer dieser Autofahrer war?"

Paul sah den Chef ratlos an. „Nein, woher soll ich wissen, wer das war? Irgendein Typ eben."

Der Chef presste die Lippen aufeinander. Dann trank er einen Schluck von dem Kognak, der vor ihm stand. „Hör mal gut zu, Paul. Sagt dir der Name Meinhard Krieger was? Das ist ein evangelischer Pfarrer."

Paul überlegte einen Augenblick. „Ich kenne ihn nicht, aber ist das nicht der, der in seinem Dorf eine Tafel für die Juden aufstellen will?"

„Genau der, Paul", höhnte der Chef, „du solltest dir diesen Namen gut merken. Der Herr Pfarrer hat am letzten Sonntag gepredigt, und zwar über Kain und Abel."

Paul sah den Chef verständnislos an. „Kain und Abel? Wer ist das? Eine Firma?"

Der Chef seufzte tief auf. „Kain und Abel waren Brüder und die Söhne von Adam und Eva. Kain hat seinen Bruder erschlagen."

„Ja, und?" Paul begriff immer noch nichts.

„Stell dir vor, Paul. Der Herr Pfarrer fängt seine Predigt damit an, dass er erzählt, wie er Anfang des Jahres einmal an einem Autobahnparkplatz nachts gesehen hat, wie ein Mann totgeschlagen wurde. Kurze Zeit nach der Predigt fragt dich die Polizei genau nach dieser Geschichte. Na, fällt bei dir der Groschen?"

Paul schluckte. „Du meinst, dieser Krieger war der Typ mit dem Auto?"

Der Chef nickte. „Wer sonst könnte es gewesen sein?"

„Warst du bei dem im Gottesdienst, Chef?"

„Natürlich nicht. Zum Glück habe ich noch andere Leute zur Verfügung als nur so Dummköpfe wie dich“, grollte der Chef.

Paul musste den Dummkopf erst einmal verdauen. Auch spürte er, wie die Angst in ihm hochstieg. Seine Gedanken fuhren Karussell. Wenn die Polizei aufgrund der Angaben dieses Pfarrers bei ihm gewesen war und nicht, weil sie routinemäßig und systematisch unter den Sympathisanten ihrer nationalen Bewegung suchte, dann zog sich die Schlinge um ihn zu. Aber da war noch eine Sache, die er nicht verstand.

„Chef“, fragte er schließlich, „wenn mich dieser Pope damals auf dem Parkplatz erkannt hat, warum kommt die Polizei erst jetzt zu mir?“

„Der hat dich damals nicht erkannt. Das glaube ich nicht. Sonst wäre die Polizei in der Tat schon früher zu dir gekommen. Der muss dich später noch mal gesehen und dann seine Schlüsse gezogen haben. So ein Brocken von Mensch wie du ist nicht leicht zu übersehen, und dein Auto fällt heutzutage auch ins Auge.“

„Ich war aber nie in dem Dorf von diesem Kerl.“

„Dann hat er dich woanders gesehen.“

„Wahrscheinlich, Chef. Aber warum geht er nicht einfach zur Polizei? Warum erzählt er in seiner Predigt davon?“

„Das weiß ich auch nicht“, sagte der Chef gereizt und trank einen weiteren Schluck. „Vielleicht besteht zwischen seiner Predigt und seiner Anzeige auch kein Zusammenhang. Es kann dich auch jemand anders angezeigt haben. Verdammt noch mal, woher soll ich das wissen? Jedenfalls bin ich so gut wie sicher, dass dieser Krieger der Autofahrer ist, der euch damals erwischt hat. Und es ist schwer vorstellbar, dass zwischen seiner Predigt und deinem Polizeibesuch kein Zusammenhang besteht. Dazu liegen beide Ereignisse zu dicht beisammen. Möglicherweise will der Verfassungsschutz uns provozieren, dass wir nervös werden und dann Fehler machen. Ich weiß einfach nicht, was da läuft. Wir müssen äußerst vorsichtig sein."

Paul schwieg eine Weile. „Und was machen wir nun?", fragte er dann.

„Erst mal Ruhe bewahren und in Deckung gehen!", befahl der Chef. „Aber glaub mir, diesen Pfarrer werde ich nicht mehr aus den Augen lassen."

12. Wiederkehr der Gespenster

Paul hatte Glück. Oder er hatte gute Arbeit geleistet. Er bekam seinen Admiral zurück, ohne dass die Polizei Spuren des toten Walter Miller hatte entdecken können. Sie verhörten ihn gründlich, aber Paul gab sich keine Blöße. So ließen sie ihn wieder in Ruhe. Doch er wusste genau, dass sie ihn im Blick behalten würden.

Dafür wuchs bei Meinhard Krieger die Unruhe. Die Gedenktafel war fertiggestellt und hatte ihren Platz in der Ortsmitte gefunden. Am ersten Montag im Oktober sollte ein kleiner Bus mit Gerschon Ben Chaim und anderen Besuchern aus Israel in Oberbuchen ankommen. Man hatte nur eine kleine Feier vereinbart. Die Tafel sollte eingeweiht werden und diesem Akt ein Empfang im Gasthaus „Krone" folgen, wo koschere Speisen gereicht werden sollten. Danach wollte die Gruppe noch den alten jüdischen Waldfriedhof bei Fliederstadt besichtigen und wieder abreisen. Zu einem längeren Besuch in Waldenstetten hatten sich die Besucher aus Israel nicht entschließen können.

An jenem Besuchstag klingelte es an Kriegers Haustür, als er eben im Begriff war aufzustehen. Der Bürgermeister war an der Haustür. „Los, Herr Krieger, kommen Sie sofort!"

„Was ist los?", fragte Meinhard Krieger, denn er sah, dass sein Bürgermeister zu platzen drohte.

„Nun machen Sie schon!", schrie der Bürgermeister. Meinhard Krieger zog sich eine Hose und einen Pulli über und ging mit.

„Was sagen Sie dazu?", fragte der Bürgermeister, als sie in der Ortsmitte waren. Um die Tafel herum hatte jemand in der Nacht Hakenkreuze und SS-Runen gesprüht. „Juden raus!", stand an einer Hauswand. Als Meinhard Krieger sich umdrehte, sah er, dass auch die Wand der Kirche nicht verschont geblieben war. „Wotan statt Jesus!", war mit großen roten Buchstaben geschrieben.

„Wir müssen die Polizei benachrichtigen", sagte Meinhard Krieger, als auch schon ein Streifenwagen um die Ecke bog.

„Wenn ich die erwische!", schäumte der Bürgermeister. Dann kam ihm ein Gedanke. Er nahm sein Handy und wählte eine Nummer. „Franz, fahr sofort in den Fliederstadter Wald zum alten Judenfriedhof! – Es ist mir egal, dass du jetzt was anderes zu tun hast. Fahr los, und zwar im Tiefflug!"

Eine knappe Viertelstunde später klingelte das Handy von Bürgermeister Kommer. Der nahm ab und stöhnte laut auf. „Wie ich es befürchtet habe! Den Friedhof haben sie auch geschändet!"

Zum ersten Mal sah Meinhard Krieger seinen sonst so

robusten Bürgermeister den Tränen nahe. „Diese Schweine! Haben die denn vor gar nichts mehr Respekt? Wir sind blamiert bis auf die Knochen."

Er wandte sich an Meinhard Krieger. „Können wir den Besuch nicht für heute absagen? Haben Sie Kontakt mit unseren Gästen?"

Meinhard Krieger schüttelte den Kopf. „Ich fürchte, da ist nichts mehr zu machen. Die sind gestern mit dem Flugzeug angekommen und jetzt schon längst im Bus unterwegs. Wir können ihnen nur ein Stück entgegenfahren und sie vorwarnen. Die bekommen sonst einen Schock, wenn sie unvorbereitet hier ankommen."

„Den bekommen sie auf alle Fälle. Mein Gott, wer tut denn so was?"

Dann folgte eine Zeit hektischer Betriebsamkeit. Der Bürgermeister redete mit der Polizei. Die benachrichtigte das Landeskriminalamt, dessen Beamte eine Stunde später eintrafen. Der Vorfall schien sich in rasender Eile herumzusprechen, denn mehrere Journalisten tauchten auf, nicht nur die der lokalen Zeitung, die ohnehin zur Einweihung der Tafel eingeladen waren. Fassungslos starrte Meinhard Krieger auf das Geschehen. Dann sah er wieder auf die Fassade seiner Kirche. „Wotan statt Jesus!" Das durfte doch nicht wahr sein!

Irgendwann blickte er auf die Uhr und erschrak. Es würde nicht mehr lange dauern, bis der Bus mit den jüdischen Gästen ankam. „Ich ziehe mir was Vernünftiges an und fahre ihnen entgegen!", rief er dem Bürgermeister zu. Der nickte mechanisch und ging dann zu seinen Gemeinderäten, die ebenso ratlos wie er auf dem Platz standen.

Obwohl Meinhard Krieger sich beeilte, reichte es nicht

mehr, die jüdische Gruppe abzufangen und vorzuwarnen. Der Bus bog um die Ecke und seine Insassen stiegen aus. Einen Augenblick lang war es totenstill. Ehe Meinhard Krieger und Bürgermeister Kommer noch ein Wort sagen konnten, brach ein Tumult in der Reisegruppe aus. Die Menschen schrien durcheinander, eine ältere Frau war einer Ohnmacht nahe. „Los, wegfahren!“, rief jemand, als Gerschon Ben Chaim Meinhard Krieger ansah und das Unglück in dessen Gesicht las. Da donnerte er mit einer Stimme, die man diesem kleinen Mann niemals zugetraut hätte, über den Platz: „Scheket! Anachnu nisch'arim kan! Ruhe! Wir bleiben hier!“ Mit beschwörender Stimme wandte er sich an seine Landsleute. „Freunde, wir sind hierhergefahren, weil liebe Menschen, die unser Andenken und das unserer Väter ehren wollen, uns eingeladen haben. Wir sind nach Deutschland gefahren, obwohl wir alle gewusst haben, dass solche Dinge passieren können. Wir sind gefahren, nicht nur, weil wir gehofft haben, sondern weil wir wissen, dass diese Symbole nicht das Deutschland von heute sind. Wenn wir jetzt wegfahren, freuen sich nur die, die unseren Freunden in den Rücken gefallen sind.“

Es gab eine kurze Diskussion auf Hebräisch in der Gruppe. Eine Frau protestierte gegen Ben Chaims Worte, aber andere redeten auf sie ein. Es war eine lautstarke Debatte. Dann war die Sache entschieden.

„Wir sind gekommen, um eine Gedenktafel anzuschauen, Herr Bürgermeister“, sagte Ben Chaim. „Können wir sie jetzt endlich sehen bzw. einweihen?“

So fand die Feier statt, und Bürgermeister Kommer hielt eine Rede, eine andere als die, die er vorbereitet hatte. Er entschuldigte sich bei seinen Gästen, und was dann folgte, war ein flammender Appell für eine demokratische Gesellschaft und für die Würde des Menschen. Nicht nur Meinhard und Susanne Krieger waren beeindruckt.

Dann begaben sich die geladenen Gäste in die „Krone“. Außer den jüdischen Gästen waren nur die Mitglieder des Gemeinderats, der evangelische Kirchengemeinderat und Kriegers katholischer Kollege anwesend. Bürgermeister Kommer stellte einen seiner Leute an die Tür mit der schroffen Anweisung, jeden anderen Menschen, vor allem jeden Journalisten sofort die Treppe hinunterzuwerfen.

Jetzt, wo die unseligen Symbole der Nazi-Zeit nicht mehr vor jedermanns Augen waren, löste sich die verkrampfte Stimmung allmählich, und man kam ins Gespräch. Gerschon Ben Chaim sprach von Meinhard Krieger als von „meinem Freund“, und dieser musste viele Hände schütteln. Meinhard und Susanne Krieger stellten fest, dass Frau Ben Chaim viel netter war, als sie nach den Worten ihres Mannes vermutet hatten. Mit ihrem Mann ging sie allerdings sehr robust um. Die älteren Israelis sprachen alle Deutsch. Die jüngeren konnten es zumeist verstehen, führten die Unterhaltung mit den deutschen Gastgebern aber auf Englisch. Die Zeit verging wie im Flug.

Plötzlich war Lärm an der Tür. Ein Streit war da im Gange. „Ich will hier rein und Sie werden mich nicht daran hindern“, rief eine aufgebrachte Stimme. Bürgermeister Kommer ging zur Tür. „Lass ihn rein!“, sagte er zu dem Angestellten. Hans Schlotterbeck blieb in der Mitte des Saales stehen und stützte sich auf seinen Stock. „Georg Goldstein, bist du hier?“, fragte er mit zitternder Stimme.

Gerschon Ben Chaim stand auf und ging auf seinen alten Freund zu. Es schüttelte ihn.

„Georg, vergib mir, dass wir dich damals weggeschickt haben. Ich bin nie darüber weggekommen“, schluchzte Hans Schlotterbeck. Dann lagen sich die beiden alten Männer weinend in den Armen. „Hans, ich war dir nie böse, und dass dein Vater damals Angst hatte, kann ich so gut verstehen. Wir haben doch alle fürchterlich Angst gehabt.“ Wieder weinten beide laut. Auch die anderen hatten Tränen in den Augen.

Schließlich führte Gerschon Ben Chaim seinen alten Freund an den Tisch und stellte ihm zwei Frauen vor, die ebenfalls aus Oberbuchen stammten. Hans Schlotterbeck machte große Augen, als er die Schulkameradinnen aus alter Zeit wiedersah. „Was für ein gesegneter Tag!“, rief er. Meinhard Krieger fiel diese Formulierung auf, hatte Hans Schlotterbeck doch immer seinen Abstand von Gott betont. Er machte sich Vorwürfe, dass er nicht auf den Gedanken gekommen war, Hans Schlotterbeck eine Einladung zu dem Empfang zu besorgen.

Zwei Stunden später als geplant fuhr die Gruppe fort, denn die Gespräche wollten kein Ende nehmen. Dem Bürgermeister wäre es lieb gewesen, wenn die Gäste von dem Besuch des geschändeten Friedhofs abgesehen hätten, aber darauf wollten die Juden nicht verzichten. „Glauben Sie mir“, sagte er, als sie an den verschmierten Grabsteinen standen, „wer immer das getan hat, wir werden es herausbekommen und die Täter hart bestrafen.“

Schließlich kam der Abschied. „Passen Sie gut auf sich auf, Herr Pfarrer“, sagte Gerschon Ben Chaim, „Sie haben unsichtbare Feinde. Aber ich danke Ihnen. Es war ein unvergesslicher Tag. Und glauben Sie mir: Das Gute an diesem Tag wiegt schwerer als das Böse, das wir auch zu Gesicht bekommen haben.“

13. Eine alte Geschichte

Es war klar, dass der Ort nach diesem ereignisreichen Tag nicht so schnell zur Ruhe kommen würde. Dafür sorgten schon die Medien, die ausführlich über den „Skandal durch Neonazis" berichteten. Eine große Boulevard-Zeitung sprach sogar vom „Nazi-Dorf", was nicht nur den Bürgermeister, sondern auch Meinhard Krieger in Rage brachte. Ziemlich erregt sprach Meinhard in die Kamera des Südwest-Fernsehens. Er verwahre sich gegen diese „Sippenhaftung", in die ein ganzes Dorf genommen werde. Man wisse ja nicht einmal, wer die Schmierer gewesen seien und woher sie kämen. Die Mehrheit des Gemeinderates habe diese Tafel gewollt, und sie repräsentiere auch die überwiegende Mehrheit der Bevölkerung.

In diesem Fernseh-Interview hatte Meinhard Krieger allerdings den Finger auf eine empfindliche Stelle gelegt, als er sagte, man wisse nicht, wer die Täter seien und woher sie kämen. Genau diese Tatsache brachte die Polizei unter erheblichen Druck. Die Staatsanwaltschaft wollte so schnell wie möglich verwertbare Ergebnisse vorlegen, aber dieser Wunsch war die eine, seine Erfüllung eine andere Sache. Politiker verschiedenster Parteien bemühten sich, den politischen Schaden in Grenzen zu halten. Denn auch in Israel erfuhren die Menschen, dass einige ihrer Staatsbürger nach Deutschland gereist waren und dort mit Hakenkreuzen und „Juden-raus"-Schmierereien begrüßt worden waren.

In dieser ganzen Aufregung hörte Meinhard erst mit einer Verspätung von zwei Tagen, dass sein Gemeindeglied Hans Schlotterbeck nachts mit dem Krankenwagen nach Fliederstadt ins Krankenhaus hatte eingeliefert werden müssen. Sein schwaches Herz hatte die Aufregung nicht verkraftet. Meinhard bangte um das Leben des alten Mannes, der ihm so nahegekommen war. Doch siehe da – der alte Schlotterbeck erwies sich als zäh. Nach wenigen Tagen bestand er darauf, nach Hause entlassen zu werden. Der Arzt sagte zwar, er könne das nicht verantworten, aber Hans Schlotterbeck erwiderte barsch, das verantworte er selbst, und wenn er schon sterben müsse, sei das im eigenen Bett angenehmer.

Als er wieder zu Hause war, bat er Meinhard Krieger um einen Besuch. „Schön, Sie zu sehen, Herr Krieger", sagte er mit leuchtenden Augen. „Ich bin dem Tod noch einmal von der Schippe gesprungen, aber ich glaube, ein zweites Mal lässt er das nicht zu. Sagen Sie, weiß man schon, wer diese Sauerei auf dem Gewissen hat?"

Meinhard Krieger lächelte. „Ich freue mich auch, Sie zu sehen. Um Ihre Frage zu beantworten: Nein, man weiß es noch nicht, und falls die Polizei was weiß, verrät sie es jedenfalls nicht. Ich wurde erst vorgestern wieder befragt, weil ich ja die Idee mit dieser Tafel hatte, und ich habe versucht, den Beamten auf den Zahn zu fühlen. Doch sie ließen sich kein Sterbenswort entlocken."

„Womit wir wieder beim Sterben wären", antwortete der Alte trocken. Meinhard Krieger zuckte leicht zusammen. Hans Schlotterbeck lächelte, als er das bemerkte. Um seinen Gast nicht in weitere Verlegenheit zu bringen, kam er auf ein anderes Thema. „Ich will Ihnen mal was sagen, Herr Pfarrer. So wütend ich auf diese Schmierer bin, die unsere Gäste beleidigt haben – etwas Gutes hat diese Sache doch."

Meinhard Krieger sah ihn überrascht an. „Ich wüsste nicht, was daran gut sein soll."

„Zweierlei", antwortete der Kranke. „Erstens ist für jeden deutlich geworden, was da im Untergrund unseres Volkes immer noch oder schon wieder schlummert. Ich bin nie ein großer Leser gewesen, aber einen Satz von Bertolt Brecht habe ich mir gemerkt: ‚Der Schoß ist fruchtbar noch, aus dem das kroch.' Zweitens müssen die Oberbuchener jetzt Stellung nehmen. So einfach ist das mit dem Verdrängen und Vergessen für sie nicht mehr."

Meinhard Krieger war nachdenklich. „Hm, Sie könnten recht haben, dennoch bleibt es entsetzlich. Wenn ich mir vorstelle, wozu Menschen fähig sind ... Was Sie und Ihr jüdischer Freund mir allein schon über die Ereignisse in Oberbuchen am 9. November 1938 erzählt haben, übersteigt im Grunde mein Vorstellungsvermögen."

„Es ist überhaupt nicht schwer, böse Dinge zu tun", sagte der alte Mann leise. „Sie glauben gar nicht, wie leicht es manchmal sein kann."

Meinhard Krieger schwieg, spürte er doch, dass diese Worte aus irgendeinem Erleben des alten Mannes stammten.

Der schwieg ebenfalls eine Weile, dann sah er seinen Pfarrer an. „Da ich ja bald sterbe, kann ich es Ihnen auch erzählen. Sie sind eine andere Generation, Herr Krieger. Ihnen ist vieles erspart geblieben. Ich habe schon als Junge mitbekommen, wie dieses Naziregime Menschen verändert hat: Nachbarn, Schulkameraden, Respektspersonen. Wie sie plötzlich Dinge taten, die man sich vorher nicht hatte vorstellen können. Ich habe Ihnen erzählt, dass ich schon als sehr junger Mensch einrücken musste. Ich hatte nichts gegen die Franzosen und später gegen die Russen, gegen die ich kämpfen musste. Doch brachte mich der Krieg in eine

Situation, wo es hieß: die oder ich. Sie glauben gar nicht, Herr Krieger, wie sehr man an seinem bisschen Leben hängt. Und dann tut man Dinge, die man früher abgelehnt hat. Man schießt, nur weil man selbst nicht sterben will."

Er presste die Lippen aufeinander, schwieg und starrte vor sich hin. Dann sah er seinen Gast an und fuhr fort zu erzählen. „Gegen Ende des Krieges in Russland, als ich auf Schnee und Kälte fluchte, da ist etwas passiert, was ich nie vergessen werde. Jedem denkenden Menschen war schon klar, dass der Krieg verloren war. Da bekam unsere Einheit einen neuen Unteroffizier, so einen ganz schneidigen Germanen, der ständig vom Endsieg faselte. Er ging uns auf die Nerven, aber wir konnten uns höchstens hinter vorgehaltener Hand über ihn beschweren.

Eines Tages brauchte unsere Einheit einen Erkundungstrupp. Ich und einige Kameraden wurden ausgewählt, die Führung hatte eben dieser Unteroffizier. Wir hatten damals schon ziemlich mit Partisanen zu tun, und unsere Einheit suchte einen halbwegs sicheren Rückzugsweg. Wir kamen also mit unserem Trupp in ein Dorf, das völlig verlassen schien. Alles deutete darauf hin, dass die Menschen vor Kurzem in höchster Eile geflohen waren. Wir waren auf der Suche nach etwas Essbarem, als wir plötzlich ein Weinen hörten. Es dauerte nur einen Augenblick. Wir lauschten, und da war es noch einmal, aber diesmal leiser und unterdrückter. Wir suchten alles ab und entdeckten gut getarnt hinter einem Verschlag eine Gruppe Frauen mit kleinen Kindern. Sie waren zu Tode erschrocken.

‚Was machen wir mit ihnen?', fragte unser Unteroffizier. Wir zuckten mit den Achseln. ‚Mitnehmen können wir sie nicht, laufen lassen können wir sie auch nicht, sonst verraten sie uns‘, schnarrte er. ‚Also werden wir sie erschießen. Verstanden?‘ Wir erschraken. ‚Herr Unteroffizier‘, sagte einer von uns, ‚es sind doch Frauen und Kinder.‘ ‚Es sind Russen!‘, schnauzte er uns an. ‚Los, meine Herren, nicht so zimperlich. In ein paar Augenblicken ist das vorbei.‘ Keiner von uns rührte eine Hand. Wir wollten nicht auf Frauen und Kinder schießen.

Er starrte uns wütend an. ‚Ich warne Sie vor jeder Befehlsverweigerung!‘, brüllte er. Wir standen noch immer regungslos. ‚Stellen Sie sich nicht so an, der Krieg ist hart. Das weiß ich auch.‘ Er schäumte vor Wut. Von uns sprach keiner ein Wort. Aber wir waren uns einig, dass wir seinem Befehl nicht gehorchen wollten.“

Hans Schlotterbeck atmete schwer. „Unser Unteroffizier verlor die Beherrschung. ‚Muss man denn hier alles selber machen?‘, brüllte er. ‚Ich zeig Ihnen mal, wie's geht.‘ Damit nahm er seine Pistole, hielt sie einem Kind, das auf dem Arm seiner Mutter saß, an den Kopf und drückte ab. Die Mutter machte keinen Laut. Entsetzt starrte sie nur auf das tote Kind auf ihrem Arm, dem das Blut aus der Schläfe lief. Mein Leben lang bin ich dieses entsetzte Gesicht nicht mehr losgeworden. ‚Los, und jetzt Sie!‘, schnauzte er uns an. ‚Na, wird's bald?‘ Ich hatte eine Maschinenpistole in der Hand und machte nur ein wenig den Zeigefinger krumm. Und dann lag unser Unteroffizier tot vor uns.“

Hans Schlotterbeck schloss in der Erinnerung die Augen. „Herr Krieger, es ist so leicht, einen Menschen zu töten. Nur eine kleine Bewegung des Zeigefingers, und man wird zum Mörder.“

„Hatten Sie denn eine andere Möglichkeit?“, fragte Meinhard Krieger vorsichtig.

„Bei diesem Menschen vermutlich nicht", erwiderte Hans Schlotterbeck. „Ich habe mir seitdem tausend Mal gesagt, dass ich es tun musste. Entweder starben die Frauen und Kinder oder er. Trotzdem ... Er hat mir mal stolz ein Foto seiner Familie gezeigt. Eine wunderschöne Frau war da zu sehen und eine süße Tochter. Denen habe ich den Mann und den Vater genommen. Mochte er sein, was er wollte, die haben ihn bestimmt geliebt." Hans Schlotterbeck fing an zu weinen. Doch das erlaubte er sich nur einen Augenblick lang.

„Mithilfe der Frauen haben wir seinen Leichnam dann in den Wald gebracht und das Ganze so arrangiert, dass es zumindest bei oberflächlicher Betrachtung aussah, als ob er von Partisanen erschossen worden sei. Das haben wir auch in unserer Einheit erzählt. Wir seien angegriffen worden und hätten auch seinen Leichnam nicht bergen können. Unser Leutnant sah mich lange an. Aber er sagte nichts."

Wieder atmete der alte Mann schwer. Dann fiel ihm das Erzählen leichter. „Es dauerte nicht mehr lange, bis ich in Gefangenschaft kam, auch das eine Erfahrung, wo man jede Illusion über sich oder andere Menschen verliert. Es ging nur noch ums nackte Überleben. Die ersten Wochen waren unbeschreiblich. Eines Tages wurde ich zum Lagerkommandanten gerufen. Das bedeutete meistens nichts Gutes. Er saß hinter seinem Schreibtisch. Ich stand vor ihm und hatte Angst. ‚Genosse Hans', sagte er in gebrochenem Deutsch, ‚Frau sagen, du guter Mann. Retten russische Frauen und Kinder.' Da erst sah ich, dass in einer Ecke eine Frau stand. Ich erkannte sie als eine aus der Gruppe von Frauen, die wir gefunden hatten. ‚Hans, du guter Mensch. Trinken auf Freundschaft!' Damit schenkte er mir ein Glas Wodka ein.

Mein Gott, wann hatte ich den letzten Wodka getrunken? Ich war den Schnaps überhaupt nicht mehr gewohnt und hustete fürchterlich. Er lachte laut und klopfte mir auf die Schulter. ‚Gut, Hans, erst essen, dann trinken!' Er gab mir ein Essen, ein einfaches Essen, aber ein Fürstenmahl verglichen mit unserer Gefangenenkost.

Seitdem wurde ich mit Respekt behandelt. Der Kommandant bot mir ein paar Mal an, auf die Parteischule zu gehen. Ich hätte das Gefangenenlager sofort verlassen können. Doch ich wollte nicht. Ich wollte nur nach Hause. 1947 durfte ich dann zurück nach Deutschland. Aber Oberbuchen war mir fremd geworden und ist mir bis heute fremd geblieben. Nur die knapp elf Jahre von meiner Geburt bis Hitlers Machtergreifung ist es mir wirklich Heimat gewesen."

Das Erzählen hatte ihn sichtlich angestrengt. Meinhard Krieger erhob sich.

„Herr Krieger, ich bin nicht der gute Mensch, für den Sie mich gehalten haben. Ich bin ein Mörder."

Meinhard Krieger widersprach ihm nicht. Er zitierte stattdessen aus dem Neuen Testament: „Das ist gewisslich wahr und ein Wort, des Glaubens wert, dass Christus Jesus in die Welt gekommen ist, die Sünder selig zu machen."

Der Alte sah ihn lange an. „Ist das wahr?"

„Ja", nickte der.

„Dann ist es gut", sagte Hans Schlotterbeck und nickte ebenfalls. „Und wissen Sie, dass ich Georg Goldstein noch einmal sehen durfte, das war ein Geschenk."

14. Unschuldslämmer

Kriminalhauptmeister Kloth hängte seine Jacke an den Haken. „Mistwetter!“, schimpfte er. Dann sah er seine Vorgesetzte an. „Na, haben unsere großen Brüder – halt, die Schwestern nicht zu vergessen! – vom LKA schon herausgefunden, wer die verfassungsfeindlichen Symbole in Oberbuchen an die Wand gepinselt hat?“

Kommissarin Neidling klappte die Akte, in der sie gelesen hatte, zu und sah ihren Kollegen prüfend an. „Ich hatte gehofft, die würden Ihnen mehr erzählen als mir. Die vom LKA tun ja immer so geheimnisvoll.“

„Warum sollten sie mir was sagen? Ich bin doch nur ein kleines Licht. Aber wenn Sie mich fragen, ich tippe auf die Skinheads von Fliederstadt. Ich hatte mal einen von denen wegen einer ganz anderen Sache in der Mangel. Mein Gott, hat der mich zugetextet! Es fehlte keines der braunen Klischees: Auschwitz-Lüge, der große Führer, der die Autobahn gebaut hat usw. Stellen Sie sich vor, da kommt nun dieser Krieger und lässt, penetrant, wie er ist, gleichsam direkt vor ihrer Nase eine Gedenktafel für Juden anbringen. Ist doch klar, dass sie diesem Pfarrer in die Suppe spucken und ihm die schöne Wiedersehensfeier verderben.“

„Das klingt zwar einleuchtend, Kloth, ist aber trotzdem falsch. Natürlich – was da passiert ist, hat denen prima gefallen. Dennoch steht eines fest: Die Skins von Fliederstadt sind in diesem Fall alle kleine Unschuldslämmchen. Das wurde bereits überprüft.“

„Unschuldslämmchen, dass ich nicht lache!“ Kloth schnallte sein Pistolenhalfter ab und suchte nach einer Zigarette.

„Menschenskind, Kloth, müssen Sie immer rauchen?" Sie stand auf, um ein Fenster zu klaffen. „Da ist noch etwas, was Sie interessieren dürfte. Die uniformierten Kollegen von Waldenstetten haben mir das erzählt. Pfarrer Krieger hat sie mal gerufen, weil ihm jemand alle Reifen zerschnitten hatte, als damals der Streit im Dorf auf dem Höhepunkt war. Die Kollegen haben natürlich auch gleich an unsere rechte Szene hier gedacht. Und was meinen Sie, was mit unseren Skinheads war?"

„Unschuldslämmchen!", grinste er. „Erraten?"

Sie sah ihn amüsiert an. „Erraten, Kloth!"

„Hm, und was lernen wir daraus?"

Sie nahm einen Kugelschreiber in die Hand und spielte damit. „Was lernen wir daraus? Das ist eine gute Frage, Kloth. Dieser Walter Miller, den unser Pfarrer Krieger kurz vor seinem Tod an der Autobahn gefunden hat, gehörte ja auch zur rechten Szene. Er wohnte doch früher in der Nähe von Tübingen. Die Polizei hat die Szene dort überprüft. Fehlanzeige, wie ich durch Nachfrage erfahren habe. Sein letzter Wohnort war Bischofsheim in der Bayerischen Rhön. Auch dort hat die Polizei in entsprechenden Kreisen geforscht, und sie fand nur lauter Unschuldslämmer. Irgendwie komisch, nicht wahr?"

„Hm." Er kratzte sich am Kopf. „Und was ist mit diesem Schmitthenner? In zwei Punkten passt er doch in das Bild, das uns dieser Krieger gezeichnet hat: ein Kleiderschrank von Mensch, der ein älteres, großes Auto fährt, und ein Neonazi ist er auch. Also, wenn das nicht stinkt!"

„Tja, das stimmt schon, was Sie sagen, aber die Überprüfung seines Autos hat keinen Hinweis auf Miller ergeben, und Schmitthenner behauptet, er sei zur Tatzeit bei Freunden gewesen, nicht weit weg von zu Hause. Und diese Freunde schwören Stein und Bein, dass es sich so verhält."

„Also ein Unschuldselefant. Darum noch mal meine Frage: Was lernen wir daraus, Frau Kriminalkommissarin?"

Sie sah ihn an. „Diese ganze Szene scheint besser organisiert zu sein, als viele Leute denken. Hier und da gibt es mal Krawall mit irgendwelchen Skinheads, und man meint, die seien für sich. Doch hinter vielen Gruppen steckt wohl ein planender Kopf, der dafür sorgt, dass genau die Leute, die man zuerst verdächtigt, es ganz bestimmt nicht sind."

„Unschuldslämmer!", knurrte er.

„Die Kollegen vom LKA haben mir erzählt, dass ein Oberbuchener morgens gegen 3.30 Uhr ein Auto mit Karlsruher Kennzeichen durch den Ort hat fahren sehen an dem Tag, als die jüdische Gruppe kam. Der alles entscheidende Hinweis ist das nicht gerade. Es scheint aber festzustehen, dass die ganze Sache gut organisiert war und sich innerhalb weniger Minuten zugetragen hat. Bevor jemand was gesehen oder gehört hat, waren die Schmierereien angebracht und die Täter schon wieder verschwunden."

Er seufzte und sah auf seine Uhr. „Wenn Sie nichts dagegen haben, Frau Neidling, mache ich jetzt Feierabend."

Auch Meinhard Krieger machte an einem dieser Abende frei. Er hatte das dringende Bedürfnis, sich zu bewegen. Es hatte Zwetschgenknödel zum Abendessen gegeben, ein Essen, bei dem er regelmäßig alle Selbstbeherrschung vergaß. Er ging durch das Neubauviertel von Oberbuchen und dann auf einen Feldweg, der den Ort mit Bartelsweiler verband. In der Nähe von Bartelsweiler war eine kleine Gartenanlage. Im Dämmerlicht konnte er erkennen, wie eine Person sich mit beiden Händen an einem Zaun festhielt. Ein Betrunkener? Als er näher kam, sah er, dass es ein noch junger Mensch war, und schließlich erkannte er Markus. Seine Unterlippe war aufgeplatzt und blutete, das rechte Auge war zugeschwollen, die Kleidung schmutzig.

„Markus, was ist los? Kann ich dir helfen?"

„Schon gut, Herr Krieger, es geht gleich wieder."

„Junge, wer hat dich so zugerichtet? Was ist passiert?"

„Ach, lassen Sie mich in Ruhe. Ich bin hingefallen."

„Erzähl mir das noch mal, und ich glaub wieder an den Osterhasen. Du bist verprügelt worden. Von wem?"

„Sie sollen mich in Ruhe lassen. Ich komme allein zurecht."

Besorgt sah er den jungen Mann an. „Soll ich dich in die Ambulanz nach Fliederstadt fahren? Ich mach das gern. Du brauchst Hilfe."

Markus wirkte entnervt. „Warum können Sie mich nicht einfach in Ruhe lassen, zum Kuckuck!? Ich komme wirklich klar." Er versuchte ein paar Schritte zu gehen, um sich dann wieder stöhnend am Zaun festzuhalten. „Verdammt, mein Knie!"

„Los, Markus", forderte Meinhard Krieger seinen ehemaligen Schüler auf, und seine Stimme duldete keinen Widerspruch, „stütz dich auf mich auf und wir gehen zu mir. Meine Frau wird nach deinen Wunden schauen. Sie ist in solchen Dingen sehr geschickt."

Diesmal widersprach Markus nicht und humpelte am Arm von Meinhard Krieger zum Pfarrhaus. „Du solltest zur Polizei gehen!", riet ihm der Pfarrer, als sie das Haus betraten.

„Zum Donnerwetter, hören Sie endlich auf, mir zu sagen, was ich tun soll!", schimpfte Markus. Susanne Krieger gab ihrem Mann ein Zeichen, er solle sich zurückziehen.

Sie versorgte Markus' Wunden. Er unterdrückte dabei seinen Schmerz, so gut er konnte. Als sie fertig war, tat sie etwas Überraschendes. Sie nahm den Siebzehnjährigen in den Arm und hielt ihn fest wie eine Mutter, die ein Kind tröstet. Halb hatte sie damit gerechnet, dass er sich ihrer Umarmung entziehen würde, aber er hielt still und schluchzte einen Augenblick lang auf. „Markus", sagte sie leise, „mein Mann hat recht. Du solltest dir das nicht gefallen lassen und zur Polizei gehen. Wer hat das getan?"

Er entwand sich ihrer Umarmung und schüttelte den Kopf. „Ich weiß, Sie meinen es gut, aber ich sage nichts. Wenn ich zur Polizei gehe, wird alles nur noch schlimmer. Lassen Sie mich jetzt gehen."

Sie seufzte. „Wenn du nur nicht so stur wärst! Versprich mir, dass du zum Arzt gehst, wenn dein Knie morgen nicht spürbar besser wird."

Er brummte etwas Unverständliches, bedankte sich dann und machte die Tür hinter sich zu.

„Meinhard, der Junge hat gewaltig Angst. Aber vor wem?", fragte sie, als beide noch ein wenig zusammensaßen.

Er seufzte tief auf. „Ich weiß es nicht, Susanne. Jetzt leben wir gerade mal ein Jahr in dieser sogenannten ländlichen Idylle und stecken schon bis zum Hals in ungelösten Konflikten. Manchmal denke ich, ich wäre besser was anderes geworden als ausgerechnet Pfarrer. Verwaltungsangestellter zum Beispiel. Dann hätte ich wenigstens von Freitagabend bis Montagmorgen meine Ruhe."

„Dazu taugst du nicht, mein lieber Meinhard. Außerdem hätte ich dich dann wohl nicht geheiratet."

Er lachte auf. „Wer weiß, was dir dann alles erspart bleiben würde!"

15. Ein Biedermann

Waldenstettens kleiner Polizeiposten war nur tagsüber besetzt. Wenn es nachts Probleme gab, war die größere Wache in Fliederstadt zuständig. Für die Politiker im Innenministerium war die Schließung dieses kleinen Polizeipostens bereits beschlossene Sache. Bürgermeister Kommer hatte sich vehement gegen diesen Beschluss gewehrt, aber auch ihm war klar, dass er die Sache höchstens noch verzögern, aber nicht mehr aufhalten konnte. Man musste bei der Sparwut des Landes von Glück reden, dass wenigstens der Posten in Fliederstadt bleiben sollte, obwohl auch der bei der Größe des zu betreuenden Gebiets notorisch unterbesetzt war und seine kriminalpolizeiliche Abteilung nur aus Kommissarin Neidling und Kriminalhauptmeister Kloth bestand. Auch deren Stellen sollten künftig nicht mehr besetzt werden und dafür der Kriminalpolizei in der Kreisstadt zugeschlagen werden.

Als eines Morgens die Schicht in Waldenstetten das Gebäude aufschloss, nahm Polizeiobermeister Lothar Gaiser einen Brief in die Hand, den er im Briefkasten gefunden hatte. „Schau mal, Matthias“, rief er seinem Kollegen zu, „ein Brief ohne Absender.“

Der Angesprochene zog eine Grimasse. „Wahrscheinlich schon wieder so eine Beschimpfung der Polizei, wie wir das in letzter Zeit öfters hatten. ‚Ihr Bullenschweine‘ usw. Man sollte diesen Mist gar nicht erst aufmachen. Na, nun sag schon, was steht drin? Ich bin auf das Schlimmste gefasst.“

„Erwin, Matthias, das ist interessant“, wandte sich Gaiser an die Kollegen. „Hört mal: ‚Sie haben den Brand bei Familie Demir noch immer nicht aufgeklärt. Wie wäre es, wenn Sie einmal bei Siegbert Müller nachschauten, ob er noch mehr elektronische Zünder in seinem Bastelkeller hat?' Was soll das denn?"

„Ach, du lieber Himmel!", rief Matthias Brückner aus und verdrehte die Augen. „Das ist vermutlich wieder das alte Spiel: ,Wie mache ich meinen Nachbarn fertig?' Siegbert Müller als Brandstifter. So ein hanebüchener Unsinn! Ausgerechnet der! Da lachen ja die Hühner."

„Wer ist das denn?", fragte Lothar Gaiser.

Erwin Brommer, der älteste der drei Polizisten, der meistens Innendienst machte, gab die Antwort. „Kennst du ihn nicht? Ich glaube, er arbeitet als Maurer in einer Baufirma. Er hat ein Haus in Unterbuchen gebaut. Ein ganz braver Bürger. Er ist Mitglied im Tierschutzverein Fliederstadt, und wenn ich mich nicht irre, ist er auch Kirchengemeinderat bei Pfarrer Krieger. – Lasst jetzt diesen Brief. Ihr beide müsst los und euch den abgesägten Hochsitz am Fichtenberg anschauen."

„Aber Erwin, das ist ein Hinweis auf eine noch ungeklärte Strafsache. Wir müssen das melden."

„Klar, Lothar, aber das hat nachher noch Zeit. Dieser Brief hat einen Informationswert mit Faktor null. Da will nur einer dem Siegbert Müller ans Schienbein treten. Der hat nämlich ein Grundstück geerbt, auf das einige Leute ganz scharf sind, und er will nicht verkaufen. Das ist eine dieser miesen Dorfintrigen. Mehr nicht."

Lothar Gaiser setzte seine Dienstmütze auf und folgte seinem Kollegen. Er war aber noch nicht ganz zufrieden. Als sie im Auto waren, fragte er: „Sag mal, Matthias, wenn du diesen Müller kennst, weißt du, ob der was von Elektronik versteht?"

„Glaube ich nicht. Ich sagte dir doch, er ist Maurer."

Sie fuhren Richtung Wald, um der Anzeige eines Jagdpächters nachzugehen, dessen Hochsitz beschädigt worden war.

Kaum waren sie ausgestiegen, klatschte sich Lothar Gaiser an die Stirn. „Mensch, Matthias, wir sind blöd! Hinter diesem anonymen Brief steckt mehr. Wir haben geschlafen. Weißt du noch, was da geschrieben war?"

„Lothar, du gehst mir auf den Wecker! Wir sollten uns jetzt hier um diese Sache kümmern. Aber bitte! Da stand geschrieben, der Brand bei der türkischen Familie sei noch nicht aufgeklärt und wir sollten bei Siegbert Müller mal nach elektronischen Zündern suchen."

„Merkst du denn nichts?"

„Nein, was denn?"

„Matthias, nur Bürgermeister Kommer und die Polizei wissen, dass bei diesem Brand eine elektronische Zündung und ein Brandbeschleuniger benutzt wurden. Offiziell hat man immer gesagt, dass die Brandursache ein technischer Defekt gewesen sei. Nur der Täter bzw. die Täter können das wissen, sofern keiner von uns oder der Bürgermeister geplaudert hat."

Matthias Brückner stieß einen Pfiff aus. „Ich krieg die Krise! Lothar, du hast heute einen besseren Tag als ich. Heiligs Blechle! Das ist ja ein ganz dicker Hund."

„Ich hatte doch die ganze Zeit so ein komisches Gefühl!", schimpfte Lothar Gaiser. „Warum bin ich nicht schneller darauf gekommen?"

So rasch sie konnten, erledigten sie ihre Arbeit im Wald und fuhren zur Polizeiwache zurück, wo sie die Angelegenheit ausführlich besprachen.

„Also, nur wegen dieses anonymen Briefes bekommt kein Polizist eine Hausdurchsuchung bei einem unbescholtenen Bürger genehmigt. Außerdem – ich kann mir einfach nicht vorstellen, dass Siegbert Müller mit dem Brand zu tun haben soll.“ Matthias Brückner schüttelte den spärlich behaarten Kopf.

„Vielleicht hat er was gegen Ausländer“, mutmaßte sein jüngerer Kollege.

„Glaub ich nicht, und Familie Demir lebt seit Jahren in Deutschland. Die Leute sind völlig integriert, und ihre Kinder sprechen besser Schwäbisch als Türkisch. Niemals sind sie in irgendeiner Weise auffällig geworden. Da gibt es weiß Gott in Waldenstetten geeignetere Leute, gegen die sich Ausländerhass richten könnte, als ausgerechnet die Demirs.“

Erwin Brommer setzte die Kaffeemaschine in Gang. „Trotzdem“, sagte er nachdenklich, „ausgerechnet gegen Familie Demir wird ein Brandanschlag verübt. Vielleicht ist diese Familie doch nicht so harmlos, wie wir denken. Und ein Unbekannter, der Kontakt mit dem oder den Tätern hat und von der Brandstiftung weiß, sagt uns, dass der harmlose Siegbert Müller in Wahrheit gar nicht so harmlos ist. – Ich verstehe das Ganze nicht.“

„Gib mir noch mal den Brief, Lothar. – Hm, der Bastelkeller von Siegbert Müller. Ich kann mir das noch immer nicht vorstellen. Wenn wir da mal ganz unauffällig reinschauen könnten …“

Sie tranken schweigend ihren Kaffee, als Lothar Gaiser plötzlich mit den Fingern schnippte und über sein ganzes Gesicht grinste. „Leute, ich habe da eine Idee. Vielleicht bekomme ich heute nach Dienstschluss schon etwas raus. Lasst mich mal machen.“

So kam es, dass Lothar Gaiser am Abend in Unterbuchen an der Haustür von Siegbert Müller klingelte. „Guten Abend, Herr Müller, Gaiser ist mein Name. Ich hätte da eine Frage bzw. eine Bitte an Sie."

„Gaiser? Warten Sie, ich kenne Sie doch. Arbeiten Sie nicht bei der Polizei? Habe ich was ausgefressen?"

Lothar Gaiser amüsierte sich. „Es stimmt zwar, dass ich Polizist bin, aber auch Polizeibeamte haben ein Privatleben. Wäre ich dienstlich hier, hätte ich meine Uniform an. Jemand sagte mir, dass Sie sich in Elektronik auskennen. Ich habe da nämlich ein Problem."

„Wer hat Ihnen das erzählt? Es stimmt zwar, aber ..."

Der Polizeibeamte ging auf die Frage nicht ein und hielt dem Mann, dem er ein wenig auf den Zahn fühlen wollte, eine Fernbedienung hin. „Wissen Sie, in meiner Freizeit baue ich ferngelenkte Schiffs- und Flugzeugmodelle. Dies ist die Fernbedienung des ersten Schiffsmodells, das ich je gebaut habe. Doch die ist kaputt. Als ich neulich in einem Fachgeschäft war, haben die mich glatt ausgelacht. Mit so einer Steinzeittechnik würden sie sich nicht mehr abgeben. Sie wissen ja, wie das heutzutage ist. Die wollen alle verkaufen, keiner will mehr reparieren. Könnten Sie sich das mal anschauen?"

„Klar", sagte Siegbert Müller, dessen Interesse erwacht war, „kommen Sie rein. Am besten, wir gehen gleich mal nach unten."

Sie gingen in den Keller, und Siegbert Müller öffnete einen Raum, der als Werkstatt eingerichtet war. Lothar Gaiser war beeindruckt. In dem Raum befand sich eine Fülle verschiedenster Werkzeuge, in sorgfältig beschrifteten Kästen lagen viele Bauteile unterschiedlichster Größe und Art.

„Wissen Sie", sagte der Polizist, „so ein Schiffsmodell kann ich zusammenbauen, aber von Elektronik verstehe ich nichts. Ich kann fertig montierte Module einbauen, aber das war's dann auch. Als dann diese Fernbedienung kaputtging, war es mir nicht so wichtig, weil ich bereits an anderen Modellen gearbeitet habe. Doch neulich dachte ich, dass es eigentlich schade ist, wenn ausgerechnet mein erstes Modell nicht mehr laufen soll."

Der Maurer öffnete die Fernbedienung und lachte kurz auf. „Das ist wirklich noch ein älteres Modell. Doch das hat den Vorteil, dass es in der Regel nicht so schwierig ist herauszufinden, wo der Fehler liegt." Er suchte ein Messgerät und fing an, die Platine zu prüfen.

„Was bauen Sie denn alles so?", fragte Lothar Gaiser.

„Ach, alles Mögliche. Schalter, die bei einbrechender Dunkelheit das Licht einschalten, dann Spielzeug für Kinder, wissen Sie, so Zeug, was schön bunt leuchtet, Rundfunk-Empfänger, Gitarrenverstärker für meinen Sohn. Es ist eben mein Hobby, und im Lauf der Jahre lernt man immer noch mehr."

„Warum haben Sie das nicht zu Ihrem Beruf gemacht?"

„Ich war kein so guter Schüler. Die Schule hat mir immer gestunken. Darum hat es für eine höhere Schule nicht gereicht. Ich bin auch kein Theoretiker, sondern ein Praktiker. Mir gefällt mein Beruf als Maurer. Der Beruf ist eine Sache, das Hobby eine andere. Warum hätte ich lernen sollen, warum das eine Elektron links um die Ecke flitzt, das andere aber nicht?"

Er arbeitete konzentriert weiter, während der Polizeibeamte seine Blicke im Raum schweifen ließ in der Hoffnung, etwas Verdächtiges zu finden.

„Da, schauen Sie mal, Herr Gaiser!", sagte Siegbert Müller. „Sehen Sie den kleinen Kondensator? Der ist auf jeden Fall kaputt. Es ist kein Problem für mich, den auszutauschen, aber bitte nicht heute."

„Ich lasse Ihnen die Fernbedienung hier. Lassen Sie sich ruhig Zeit. Die Reparatur bezahle ich Ihnen natürlich."

„Kein Problem! Ich melde mich, wenn ich fertig bin. Einverstanden?"

„Ja, natürlich. Ich bin Ihnen sehr dankbar."

Am nächsten Morgen berichtete Lothar Gaiser seinen Kollegen von dem Besuch. „Also von Elektronik versteht er wirklich was. So einen Zünder kann der bestimmt bauen."

„Gut gemacht", lobte Matthias Brückner seinen Kollegen, „dennoch beweist das noch nichts."

„Das stimmt, aber ich habe noch etwas bei ihm gefunden", sagte Lothar Gaiser triumphierend. „In einem Regal standen einige Bücher. Eine Menge Fachliteratur, Schaltungen, Kataloge und so Zeug. Doch ganz unauffällig standen zwei andere Bücher dazwischen. Und nun haltet euch fest: Es war Hitlers ‚Mein Kampf' und von Alfred Rosenberg ‚Der Mythos des 20. Jahrhunderts'. Was sagt ihr nun?"

16. Noch einmal: Kain und Abel

EINEN TAG SPÄTER KLINGELTE Barbara Schlotterbeck an der Tür des Pfarrhauses. Kriegers baten sie herein. „Mein Mann ist heute Nacht gestorben."

Meinhard und Susanne erschraken. „Oh, das tut uns sehr leid."

„Er wird mir fehlen, das alte Raubein", klagte sie. „Wer ruft mich jetzt ‚Weib'? Herr Pfarrer, könnten Sie bitte für mich nach Israel schreiben und Georg Goldstein benachrichtigen?"

„Das will ich gern tun, Frau Schlotterbeck. Aber sagen Sie mir, wie ist Ihr Mann gestorben?"

„Es ging ihm gestern spürbar schlechter. Ich wollte ihn ins Krankenhaus fahren lassen, aber er schimpfte mit mir. ‚Weib, ich will zu Hause sterben.' ‚Hans', sagte ich, ‚dein Zustand macht mir Angst.' ‚Weib', sagte er, ‚wir wissen doch schon lange, wie es um mich steht. Also beruhige dich.' Schließlich rang ich ihm die Erlaubnis ab, den Krankenwagen holen zu dürfen, wenn es gar nicht mehr anders ginge. Er bat mich, mich zu ihm zu setzen. Dann haben wir miteinander geredet, über unser Leben, über unsere Kinder und über die Zukunft. Es war wunderschön. Wir waren uns sehr nahe. Im Lauf der Zeit wurde er müder und schwächer. Seine letzten Worte waren: ‚Jetzt ist der Frieden am Ende doch noch zu mir gekommen.' Dann ist er eingeschlafen und nicht wieder aufgewacht."

Selten war Meinhard Krieger eine Beerdigung so schwergefallen wie die von Hans Schlotterbeck. Der alte Mann war ihm mehr ans Herz gewachsen als sonst ein Glied seiner Gemeinde. Nach all den Ereignissen der vergangenen Zeit war besonders die Ansprache für Meinhard Krieger eine große Herausforderung. Was sollte er in dieser Situation predigen? Die Begegnung zwischen dem Verstorbenen und seinem alten jüdischen Freund in der „Krone“ hatte sich wie ein Lauffeuer im Dorf verbreitet. Meinhard Krieger sprach von den Wunden der Vergangenheit und bemühte sich, Brücken zur Versöhnung alter Gegner zu schlagen. Normalerweise waren es immer sehr große Beerdigungen, wenn ein alteingesessener Dorfbewohner wie Hans Schlotterbeck gestorben war. Auch zu dieser Beerdigung kamen viele Menschen, aber bezeichnenderweise fehlten einige Familien.

Am nächsten Tag begegnete Meinhard dem alten Lukasbauern, der der Beerdigung ferngeblieben war. Diesmal drehte er seinem Pfarrer nicht den Rücken zu, sondern sah ihn herausfordernd an.

„Nun, Herr Pfarrer, Sie haben ja warme Worte für diesen roten Lumpen gefunden. Was werden Sie denn einmal bei meiner Beerdigung sagen?“

Meinhard Krieger erwiderte den Blick und sagte: „Das hängt davon ab, wie Sie sich entwickeln. Ich gebe die Hoffnung nicht auf, dass auch Sie in einigen Punkten eines Tages anders denken werden als heute.“

„Herr Pfarrer, Sie kennen mich. Ich bleibe, der ich bin.“

„Dann werde ich sagen: Herr Jesus Christus, du Sohn einer jüdischen Mutter, sei ihm gnädig.“

„Bah, lassen Sie den Juden aus dem Spiel!“

„Nein, das werde ich nicht tun.“

„Sie sind ein sturer Hund, Herr Pfarrer.“

„Dann haben wir zumindest das gemeinsam, Herr Moser“, erwiderte Meinhard Krieger. „Aber sagen Sie mir, warum hängen Sie so an der alten Zeit?“

„Weil es eine große Zeit war“, lautete die trotzige Antwort.

„Wie meinen Sie das?“

Der alte Bauer holte tief Luft. „Damals war Deutschland endlich auf dem Weg zu sich selbst, das heißt zu seinen germanischen Wurzeln. Wenn der Krieg besser gelaufen wäre, würden wir heute in einem anderen Deutschland leben, in einem großen und starken Land, in dem wir selbst die Herren wären und nicht korrupte Beamte in Brüssel, die uns Bauern noch das letzte Hemd nehmen. Und die Amerikaner hätten nicht so ein großes Maul.“

„Germanische Wurzeln! Wotan statt Jesus!“, sagte Meinhard Krieger mit bitterem Unterton.

Der Alte lachte kurz auf. „Das wurmt Sie, Herr Pfarrer. Aber ich habe Ihre Kirche nicht angepinselt, das dürfen Sie mir glauben.“

„Das habe ich auch nicht angenommen, Herr Moser. Leider gibt es noch mehr Menschen, die so denken wie Sie. Ich will Ihnen noch etwas sagen, bevor ich gehe: Ich möchte nicht in einem Land leben, in dem alle ins Gefängnis kommen oder gar umgebracht werden, die nicht auf Parteilinie sind. Und ich möchte nicht in einem Land leben, in dem Menschen verfolgt werden, nur weil sie Juden oder Schwarze sind. Gott liebt alle Menschen. Er liebt auch Sie. Wenn ein Staat etwas taugen soll, dann wird er jedem Menschen das Recht gewähren, sich frei zu entwickeln, frei zu denken und zu handeln, und er wird die Würde eines jeden Menschen zu schützen wissen. Das ist für mich ein großes und starkes Land. Guten Tag, Herr Moser!“

Damit ließ er den alten Bauern stehen und ging aufgebracht mit großen Schritten nach Hause. Mein Gott, dachte er, was macht diesen Menschen nur so engstirnig?

Seine Stimmung war zu Hause noch immer auf einem Tiefpunkt, als das Telefon klingelte. „Muss das jetzt sein?“, schimpfte er. Doch dann hellte sich seine Miene auf. Es war Frank, sein Studienfreund. „Frank, alter Barde, schön, deine Stimme zu hören. Wie geht es der Musik?“

„Der geht's gut. Sag mir lieber, wie's dir geht. Von eurem Dorf hört und liest man ja tolle Sachen. Und mein Freund Meinhard mittendrin mit seinem angeborenen Talent, in Fettnäpfchen zu treten.“

Meinhard Krieger stöhnte. „Hör auf, Frank! Ich hätte mir auch nicht vorstellen können, was ich da lostrete. Ich habe es doch nur gut gemeint.“

„Das sind immer die Schlimmsten“, spottete Frank Försterling. „Sag mal, hattest du viel einzustecken?“

„Für mein Nervenkostüm hat's gereicht. Doch das ganze Theater habe ich wohl hinter mir. Wir sind jetzt alle nur gespannt, wann die Polizei diese neonazistischen Schmierfinken ausfindig macht.“

„Na, hoffentlich bald. – Sag mal, erinnerst du dich an den Liederabend, den wir mal in Hannover gemeinsam besucht haben? Weißt du, als die Jüdin, deren KZ-Nummer auf dem Arm eintätowiert war, Lieder aus dem Widerstand sang.“

„Ja, jetzt, wo du es sagst, erinnere ich mich. Das ist schon lange her. Was ist damit?“

„Ach, eigentlich nichts weiter. Es ist mir nur eingefallen, als ich in der Zeitung von den Ereignissen in eurem Dorf gelesen habe. Wir fanden damals diese Lieder ganz toll, und auf einmal ist das alles wieder so real. Du denkst, diese Lieder und wovon sie handeln sind Vergangenheit. Dann passiert etwas, und du bist gezwungen, auf deine ganz eigene Weise Widerstand zu leisten. Ich bin stolz auf dich, Meinhard!“

„Danke, dass du das sagst. Aber weißt du, zwischendurch habe ich ganz jämmerlich Angst gehabt.“

„Erinnerst du dich, was du gesagt hast? Jeder ist dafür verantwortlich, dass die Welt nicht so bleibt, wie sie ist. Ich finde, du hast dich toll gehalten. Und noch was, Meinhard, pass gut auf dich auf! Vergiss nicht, wir haben noch einen gemeinsamen Liederabend vor.“

Meinhard Krieger freute sich und spürte plötzlich die Sehnsucht, jetzt einfach im Auto zu sitzen, abzuhauen, alles hinter sich zu lassen, mit Frank zusammen zu singen und ein Bier zu trinken. Oder auch zwei. Oder drei.

Er war noch in Gedanken versunken, als das Telefon erneut klingelte. Bürgermeister Kommer rief an: „Herr Pfarrer, können Sie mal zu mir ins Rathaus kommen? Jetzt gleich und sofort? Prima, wir warten auf Sie.“

Als er das Dienstzimmer des Bürgermeisters betrat, erhob sich dieser von seinem Platz. „Grüß Gott, Herr Pfarrer. Ich möchte Ihnen Herrn Dombrowski vom Landeskriminalamt vorstellen. Er wollte mich eben über den Stand der Ermittlungen informieren. Ich dachte, Sie haben das gleiche Recht wie ich, das zu hören.“

Bevor Meinhard Krieger noch seiner Dankbarkeit Ausdruck zu geben vermochte, schaltete sich der Beamte schon ein. „Ich muss Sie aber beide bitten, dieses Gespräch absolut vertraulich zu behandeln.“

Was der Landesbeamte ihnen allerdings mitteilte, war nicht sehr viel. Die Ermittlungen gestalteten sich schwierig, wusste er zu berichten. „Nur eines schält sich immer deutlicher heraus, meine Herren“, sagte er, „das war nicht die spontane Tat einiger jugendlicher Wirrköpfe. Wir haben es vermutlich mit einer straff geführten Organisation zu tun. – Sagen Sie mal, Herr Krieger“, wandte er sich an den Pfarrer, „Sie haben vor einiger Zeit mal über Kain und Abel gepredigt. Stimmt das?“

„Ja“, sagte Meinhard Krieger etwas überrascht, „das war im September, der 13. Sonntag nach dem Dreieinigkeitsfest. Da war der Text dran. Warum fragen Sie?“

Der Beamte vom Landeskriminalamt sah ihn aufmerksam an. „Nun, mir kam zu Ohren, dass Ihre Predigt einen recht spektakulären Einstieg mit einem eigenen Erlebnis hatte.“

Nun war Meinhard Krieger vollends verblüfft. „Ja, und? Hat das was mit dieser Geschichte hier zu tun?“

„Sehen Sie, meine Herren, wenn ich diese Frage genau beantworten könnte, wären wir schon ein Stück weiter. – Herr Pfarrer, überlegen Sie künftig gut, welche Predigtbeispiele Sie nehmen. Passen Sie auf sich auf!“

Als der Beamte gegangen war, blieben der Bürgermeister und Meinhard Krieger noch ein paar Minuten zusammen. „Sind wir jetzt viel klüger als vorher, Herr Kommer?“

„Das wohl nicht. Diese Herren begnügen sich mit vagen Hinweisen, die alles und gar nichts aussagen. Was hat er nur mit dieser Anspielung auf Ihre Predigt gemeint? Und mit dieser Andeutung, dass das mit den Schmierereien in irgendeinem Zusammenhang stehen könnte? Sehen Sie, Herr Pfarrer, ich habe Sie damals schon gewarnt. Mit dieser Tafel holen wir uns jede Menge Ärger ins Haus.“

„Was wollen Sie damit sagen, Herr Kommer? Tut es Ihnen Leid, dass wir diese Tafel aufgehängt und die ehemaligen jüdischen Bürger zu ihrer Einweihung eingeladen haben?" In Kriegers Stimme war die Irritation deutlich herauszuhören.

„Nein, es tut mir nicht leid", antwortete der Bürgermeister, um Klarstellung bemüht. „Sie sollen wissen, dass ich hinter Ihnen stehe. Natürlich bin ich jetzt sehr beunruhigt. Das werden Sie verstehen. Dennoch bin ich froh, dass einige Dinge ans Licht zu kommen scheinen. Gefährliche und schmutzige Dinge kann man nur beseitigen, wenn man sie sieht."

Erst auf dem Weg nach Hause kam Krieger der Gedanke, er könnte mit seinem selbst erlebten Beispiel zu Kain und Abel einen großen Fehler gemacht haben.

17. Gefährliche Erkundung

Es war mittlerweile in den letzten Tagen des Oktobers. Die Uhren waren schon wieder von der Sommerzeit auf die Normalzeit umgestellt. Meinhard Krieger saß in einer Sitzung des Kirchengemeinderates. Das Kirchliche Rechnungsprüfamt hatte Bücher und Belege der letzten Jahre geprüft. Nun musste der Kirchengemeinderat die Prüfungsbemerkungen des Amtes durchgehen. Eine Arbeit, die zwar notwendig war, aber von keinem der Anwesenden besonders geliebt wurde.

Da klopfte es an die Tür. Susanne Krieger steckte ihren Kopf in den Türspalt. „Entschuldigen Sie bitte die Störung. Meinhard, kann ich dich einen Augenblick lang sprechen?"

Unwillig stand er auf und ging vor die Tür. „Susanne, ich bin mitten in der Sitzung. Was ist denn los?"

„Wenn es nicht wichtig wäre, hätte ich dich auch nicht gestört. Hör zu, Yasmin sitzt bei uns im Wohnzimmer und heult. Sie ist völlig durcheinander. Markus sei verschwunden."

Er verdrehte die Augen. „Susanne, kann sie ihre Probleme nicht allein lösen? Sie ist kein kleines Kind mehr. Kannst du ihr nicht helfen?"

„Meinhard, sie redet davon, dass Markus womöglich entführt worden ist. Ich bin beunruhigt. Du erinnerst dich doch, dass er neulich zusammengeschlagen worden ist und nicht sagen wollte, wer das getan hat. Irgendetwas ist da faul. Kannst du nicht kommen?"

„Susanne, ich kann nicht einfach die Sitzung verlassen. Hör zu, ich tue, was ich kann, dass wir bald fertig werden. Ein wenig müsst ihr aber schon noch warten."

Er ging wieder in die Sitzung, doch seine Konzentration war dahin. Die Mitglieder des Kirchengemeinderates registrierten das mit Unmut. Schließlich suchte Gerlinde Dengler nach einer Lösung. „Ihre Frau scheint ja etwas Wichtiges auf dem Herzen gehabt zu haben. Hören Sie, Herr Krieger, tun Sie uns den Gefallen und nehmen Sie sich bei diesem Tagesordnungspunkt noch zusammen. Danach können Sie gehen. Die restlichen Punkte der Tagesordnung übernehme ich. Die sind ja auch nicht so kompliziert."

Er sah die Vorsitzende dankbar an und bemühte sich, seine Sache so gut wie möglich zu machen. Dann stand er auf. „Es tut mir leid, dass ich jetzt gehen muss. Sie sind ja immer noch beschlussfähig, auch wenn ich nicht der Einzige bin, der heute fehlt."

Er verließ den Gemeinderaum und ging ins Pfarrhaus. Dort fand er seine Frau und ein weinendes Mädchen. „Yasmin, was ist los?“

„Markus ist verschwunden. Ich mache mir große Sorgen.“

„Das musst du mir schon genauer erklären. Worin besteht das Problem?“

Yasmin bemühte sich, der Reihe nach zu erzählen. „Wir haben uns heute Nachmittag getroffen. Am späten Nachmittag sind wir noch Richtung Wald gelaufen.“ Sie wurde ein wenig rot, als sie sagte: „Wir wollten allein sein. – Wir sind da also gegangen und haben uns unterhalten, als uns plötzlich ein Auto einholte. Zwei Männer saßen drin. Sie hielten an und sagten zu Markus, er solle mit ihnen kommen.“

„Kennst du die Männer?“

Sie schüttelte den Kopf. „Den einen kannte ich überhaupt nicht. Der andere gehört zu den Fliederstadter Skinheads. Den kenne ich vom Sehen.“

Susanne und Meinhard Krieger sahen sich erstaunt an. „Einer von den Skinheads? Was hat Markus denn mit denen zu tun?“

„Eine ganze Menge! Er gehört doch irgendwie zu ihnen.“

„Wie bitte? Jetzt verstehe ich überhaupt nichts mehr.“ Susanne Krieger war fassungslos.

„Ich verstehe auch nicht alles“, sagte das Mädchen verzweifelt. „Er hat erst in letzter Zeit so Andeutungen gemacht, dass er sich auf die falschen Leute eingelassen habe. Das habe er durch mich gemerkt. Er habe gemeint, bei den Skins Freunde zu finden, aber sie hätten ihn auf einen völlig falschen Weg gebracht. Er wolle weg von ihnen.“

Meinhard war im höchsten Maß alarmiert. „Warum ist er ins Auto eingestiegen? Oder haben sie ihn bedroht?“

„Das nicht direkt. Aber sie wirkten sehr entschlossen. Und schließlich waren sie zu zweit. Markus hat mir gesagt, es dauere sicher nicht so lange. Ich solle nach Hause gehen, er käme dann später zu mir. Ich habe gewartet, aber er ist nicht gekommen. Dann habe ich meinen Eltern gesagt, dass ich zu Ihnen gehe. Dagegen haben sie nichts."

„Jetzt mal ganz ruhig, Yasmin. Vielleicht ist Markus ja zu Hause."

„Da ist er nicht", sagte Susanne. „Ich habe vorhin dort angerufen. Seine Mutter war sehr unwirsch und sagte mir, er habe sich schon lange abgewöhnt, ihr zu sagen, wo er sei und wann er nach Hause komme."

„Kannst du uns sagen, was das für ein Auto war? Hast du dir das Kennzeichen gemerkt?"

Die Fünfzehnjährige schüttelte den Kopf. „Es war ein ganz normales Auto, dunkelgrün." Sie sah ihn mit ihren rot geweinten Augen verängstigt an.

Meinhard Krieger überlegte. Er ärgerte sich, dass sie sich das Kennzeichen nicht gemerkt hatte, aber es hatte keinen Sinn, dem Mädchen deswegen Vorwürfe zu machen. So ruhig wie möglich fragte er: „Yasmin, hast du eine Ahnung, wohin sie mit Markus gefahren sein könnten?"

„Ich weiß nur, dass sich die Skins ab und zu in ihrem großen Bauwagen treffen, da am Rand von Fliederstadt."

Meinhard Krieger nickte. Mittlerweile wusste er, wo die Skinheads zu finden waren.

Dem Mädchen fiel noch etwas ein. „Markus hat einmal gesagt, dass für einige Leute die alte Villa am Panoramaweg in Fliederstadt ein wichtiger Treffpunkt sei."

„Welche Villa? Am Panoramaweg gibt es mehrere."

„Ich glaube, er meinte die letzte, ganz am Ende der Straße."

„Meinhard, Yasmin, hört zu!“ Susanne wurde sichtlich nervös. „Wenn es wirklich eine Entführung ist, dann ist das Sache der Polizei. Wir sollten dort anrufen.“

„Nein, nicht die Polizei anrufen“, rief Yasmin erschrocken. „Dann bekommt Markus Schwierigkeiten. Er hat mir gesagt, er habe einige böse Dinge getan.“

„Yasmin, meine Frau hat recht. Aber hör zu. Ich werde jetzt erst zum Bauwagen fahren, und wenn Markus dort nicht ist, zu dieser Villa. Wenn ich ihn nicht finde und wiederbringe, werden wir die Polizei einschalten, ob es dir und Markus nun passt oder nicht.“

Yasmin nickte. Er sah auf die Uhr. Es war zehn Minuten vor 22 Uhr. Er machte sich fertig, um Markus zu suchen. In seinem Nachtschrank lag eine dieser kleinen, modernen Taschenlampen mit weißen Leuchtdioden. Sie war hell und brauchte nur wenig Strom. Die steckte er ein.

„Vergiss dein Handy nicht“, erinnerte ihn Susanne. Dann nahm sie ihn in den Arm. „Sei vorsichtig. Was hast du vor?“

„Wie ich gesagt habe. Ich fahre erst zum Bauwagen und dann zu dieser Villa. Sollte es sich ergeben, dass ich noch woanders hinfahre, rufe ich dich an.“

„Meinhard, du solltest das nicht tun. Überleg doch mal! Wenn Markus wirklich entführt worden ist … Wir sollten die Polizei anrufen.“

„Das mit der Entführung ist nur eine Vermutung. Yasmin hat Angst um Markus. Ich glaube, dass sie deshalb übertreibt. Und wenn ich jetzt die Polizei anrufe wegen einer angeblichen Entführung – was glaubst du, was dann los ist? Nein, lass mich erst mal ein paar Dinge überprüfen. Dann können wir immer noch die Polizei holen.“

Sie kannte ihn lange genug, um zu wissen, dass sie ihn

jetzt nicht umstimmen konnte. „Komm bald wieder. Was meinst du, wann du zurückkommst?“

„Das kann ich schlecht sagen. Eine Stunde lang bin ich vielleicht weg. Nein, das ist womöglich zu knapp. Sagen wir vorsichtshalber zwei.“

„Wenn du um Mitternacht nicht wieder hier bist, rufe ich die Polizei an.“

„Schon gut, Susanne. Hol noch eine Flasche Schwarzriesling aus dem Keller, damit sie etwas temperiert ist, wenn ich zurückkomme. Nach dieser Aufregung werden wir uns die verdient haben.“

Er stieg in sein Auto und fuhr nach Fliederstadt. Trotz seiner beruhigenden Worte zu Susanne spürte er eine starke innere Anspannung. Am südlichen Ende der kleinen Stadt parkte er den Wagen und ging zu Fuß weiter. Hinter den letzten Häusern dehnte sich eine größere Fläche von Streuobstwiesen, bis weiter hinten der Wald begann. In einem der Wiesengrundstücke stand der Bauwagen, in dem sich die Skinheads ab und zu trafen. Je näher er kam, desto sicherer war er, dass er dort niemand finden würde. Alles war ruhig und dunkel.

Da kam ihm plötzlich der Gedanke, dass man Markus ja in dem Bauwagen gefangen halten könnte. So pirschte er sich vorsichtig heran. Er spürte sein Herz pochen. Er lauschte. Nichts. Er versuchte die Tür zu öffnen. Sie war verschlossen. Schließlich klopfte er an den Wagen und horchte angestrengt. Es war nichts zu hören.

„Ich habe eine zu lebhafte Fantasie“, schimpfte er mit sich selbst, als er zu seinem Wagen zurückging. „Das machen die Fernsehkrimis.“

Er fuhr in die Stadt zurück, um dann in nordöstlicher

Richtung abzubiegen. Dort lag ein Hang, an dem wohlhabendere Leute ihre Häuser gebaut hatten. Bot er doch eine gute Aussicht und an schönen Tagen viel Mittag- und Abendsonne. Im Panoramaweg, der sich auf halber Höhe den Hang entlangzog, standen einige Villen aus der Gründerzeit. Fabrikanten hatten sie sich damals gebaut, als die Industrie sich in Fliederstadt anzusiedeln begann.

Wieder parkte er das Auto in ausreichendem Abstand und ging zu Fuß. Hinter einem Gartenzaun rannte plötzlich ein Hund auf ihn zu und verbellte ihn wütend. „Halt die Klappe!“, knurrte Meinhard Krieger, der sich erschrocken hatte.

Bevor der Panoramaweg endete und in einen Feldweg mündete, lag rechter Hand die Villa, von der Yasmin gesprochen hatte. Meinhard Krieger wusste nicht, wem sie gehörte und wer dort wohnte. Sie befand sich in einem großen Garten mit alten Bäumen. Der ganze Garten war von einer hohen Hecke umgeben. Nur zur Straße hin war der Blick frei, weil dort ein großes, schmiedeeisernes Tor den Zugang zum Grundstück verwehrte.

Allerdings grenzte das Gelände nicht unmittelbar an das Nachbargrundstück. Die Grundstücke trennte ein steiler Weg mit Treppen. Er führte auf den Kamm des kleinen Berges, der die Stadt in nordöstlicher Richtung begrenzte. Meinhard Krieger stieg diesen Weg hoch. Vielleicht, dass er von dort etwas sehen oder gar in den Garten eindringen konnte. Zu seiner Überraschung fand er ein hohes, schmales Gartentor, das die Hecke unterbrach. Er drückte die Klinke. Das Tor war verschlossen. Er wusste, dass er nicht sportlich genug war, um hinüberzuklettern. Er sah durch das Tor auf die Villa. In einigen Fenstern war Licht, mehr konnte er nicht erkennen.

Unschlüssig blieb er eine Weile stehen und ging dann zum Panoramaweg zurück. Was sollte er tun? Er konnte ja nicht einfach klingeln und nach Markus fragen. Er musste dem Haus näher kommen. Sollte er es wagen und durch das große Eingangstor gehen? Zumindest war kein Hund im Garten. Der hätte ihn sonst sicher schon bemerkt.

Niemand war zu sehen. Er hatte mit der Möglichkeit gerechnet, dass das Tor verschlossen war, aber es öffnete sich leicht, als er die Klinke drückte. Was er jetzt tat, war leichtsinnig, nein, bodenlos leichtsinnig. Das wusste er. Wenn Markus tatsächlich entführt worden war und sich in dieser Villa befand ...? Sollte er nicht doch umkehren und zur Polizei gehen? Ach, Unsinn! Man musste nicht immer gleich an das Schlimmste denken.

Sein Herz pochte bis zum Hals, während er das Grundstück betrat. Auf der linken Seite des breiten Weges war ein geschotterter Platz, auf dem einige Autos standen. Er näherte sich ihnen. Neben einem Lieferwagen stand ein Renault. Die Farbe war dunkelgrün, wie er sehen konnte, als er für einen Augenblick wagte, die Taschenlampe anzuschalten. Ein weiteres Auto kam ihm irgendwie bekannt vor, doch es fiel ihm nicht ein, wessen Auto es war.

Er verließ den Weg, um sich im Schatten der Bäume ungesehen dem Haus nähern zu können. Plötzlich fuhr er zusammen, denn links von ihm war ein lautes, raschelndes Geräusch zu hören. Er holte tief Luft und zwang sich zur Ruhe. Er hatte nur ein Tier aufgescheucht.

Es war möglich, dass das Haus von Bewegungsmeldern umgeben war und er plötzlich in hellem Scheinwerferlicht stand, wenn er sich zu weit näherte. Schritt für Schritt schlich er weiter. Da öffnete sich die große Haustür. Im hellen Lichtschein stand ein Mann und trat auf den verandaartigen Vorplatz. Er zündete sich eine Zigarette an. Einen Moment lang war sein Gesicht erhellt, aber Meinhard Krieger konnte ihn nicht erkennen. Er drückte sich hinter den Stamm eines Baumes und wagte kaum zu atmen. Nach ein paar Minuten ging der Mann wieder hinein.

Meinhard Krieger ging weiter – bemüht, jedes verräterische Geräusch zu vermeiden. Das Haus schien keine Bewegungsmelder zu haben. Alles blieb dunkel. Vorsichtig ging er um eine Seite des Hauses. Er konnte hinter einem erleuchteten Fenster, das knapp anderthalb Meter über seinem Kopf war, zwar Stimmen hören, doch er verstand nichts. Die wenigen Kellerfenster waren vergittert. So kam er nicht weiter. Es war wohl das Beste, umzukehren, sich für alle Fälle die Autonummern der Wagen auf dem Parkplatz zu notieren und dann die Polizei anzurufen, damit sie Markus suchen konnte, falls der nicht längst zu Hause im Bett lag.

Einmal um das Haus wollte er aber doch herumgehen. Auf der Rückseite des Hauses gab es drci Kellerfenster. Sie waren nicht vergittert. Da blieb er plötzlich wie elektrisiert stehen. Ein Flügel des mittleren Fensters war schräg gestellt. Er wagte es, seine Lampe anzuschalten und in den dunklen Raum zu leuchten. Es war eine Art Waschküche. Im Lichtschein erkannte er zwei Waschmaschinen und einen elektrischen Trockner. Etwas wic Jagdfieber hatte ihn gepackt. Konnte er das Fenster ganz öffnen? Das war nicht möglich, aber er stellte fest, dass im geschlossenen Flügel des Fensters ein kleines Loch im Glas war. Das brachte ihn auf eine Idee. Wenn er die Scheibe zerstören würde, könnte er das Fenster öffnen und in den Raum eindringen. Doch sollte er so ein Risiko eingehen? Er zögerte einen Moment. Meinhard, dachte er, du bist eben dabei, dir zu überlegen, ob du einen Einbruch begehen sollst. Lass das lieber! Vor seinem inneren Auge sah er Markus. Vielleicht war es die einzige Möglichkeit, Markus zu retten. Yasmin hatte gesagt, Markus sei in ein grünes Auto gestiegen. Vorne stand ein grünes Auto. Wenn er also doch in der Villa war? Er fühlte sich für den Jungen verantwortlich. Und wem zum Kuckuck gehörte das andere Auto, das ihm aufgefallen war? Womöglich war er dieser mysteriösen Sache näher auf der Spur, als er gedacht hatte. In einem plötzlichen Entschluss zog er seinen Anorak aus und umwickelte damit seinen Arm. Mit einem Schlag vergrößerte er das Loch in der Scheibe. Glas klirrte auf dem Boden und er hielt erschrocken inne. Nichts rührte sich. Hoffentlich hatte ihn niemand gehört. Er griff in das Fenster und öffnete es ganz. Dann glitt er in den Raum.

Das Herz schlug ihm bis zum Hals, aber die Sorge um den Jungen und das Bemühen, unbemerkt zu bleiben, hielten seine Angst in erträglichen Grenzen. So leise wie möglich ging er durch den Raum zur Tür. Sie war nicht verschlossen. Dann stand er in einem Kellergang mit mehreren Türen. Eine Stahltür war der Eingang zum Heizungsraum, wie er im Licht seiner Taschenlampe erkennen konnte. Er probierte eine andere Tür. Ihr Schlüssel steckte von außen. Er schloss die Tür auf und betrat den Kellerraum. Er war mit Papp- und Holzkisten gefüllt. Eine der Pappkisten war offen. Er leuchtete hinein und fand Bücher und Kleinschriften. Alles war nationalsozialistisches Propagandamaterial. Er schluckte. Das war ja ein Fund!

Sein Erschrecken steigerte sich noch, als er in eine Holzkiste leuchtete. In ihr lagen großkalibrige Pistolen. Eine andere Kiste enthielt die entsprechende Munition. In einer

Ecke stand ein niedriger Stapel anderer Holzkisten. Auch hier war bei der obersten Kiste der Deckel leicht zu öffnen. Jemand musste schon hineingeschaut haben. Ihr Inhalt bestand aus Handgranaten.

Das Blut in seinen Ohren rauschte, sein Herz raste. Ganz ruhig, sagte er zu sich selbst. Jesus, hilf mir, hier ungesehen rauszukommen, und bitte sei mit Markus.

Er hatte genug gesehen. So schnell wie möglich musste er hier wieder raus und die Polizei alarmieren. Er hatte in ein Wespennest gestochen. Sollte Markus tatsächlich bei diesen Leuten sein, dann war er in höchster Gefahr.

Eben wollte er vom Kellergang aus wieder die Waschküche betreten, als sein Handy in der Tasche klingelte. Zu Tode erschrocken fuhr er mit der Hand in die Tasche und versuchte es auszuschalten. Es dauerte vielleicht zwei Sekunden, bis er die richtige Taste gefunden hatte. Um Himmels willen! Wenn ihn jemand gehört hatte. Wahrscheinlich hatte Susanne wissen wollen, wo er so lange blieb. Wie unvorsichtig von ihm, in ein Haus einzubrechen und das Handy vorher nicht auszuschalten. Er lauschte einen Augenblick angestrengt, aber niemand kam in den Keller hinunter. So betrat er wieder die Waschküche, schloss die Tür und kletterte aus dem Fenster.

In der Kühle der Nacht stellte er fest, dass er nassgeschwitzt war. Aufatmend blieb er einen Augenblick lang im Schatten eines Baumes stehen. Er wollte eben im Schutz der Bäume weiterschleichen, als er eine Stimme hinter sich hörte: „Hände hoch und keine Bewegung! Los, mit den Händen da an die Wand! Und keine Zicken, du überlebst es sonst nicht."

Er tat, was ihm befohlen worden war, und spürte, wie

eine Hand ihn abtastete. „Du bist ja unbewaffnet, du Mistkerl“, sagte die Stimme. „Na, dann komm mal ins Haus. Wir wollen dich doch mal bei Licht betrachten.“

18. Ende eines Spaziergangs

Meinhard Krieger spürte den Lauf einer Pistole im Rücken, als er über die Veranda durch die große Tür ging und eine Eingangshalle betrat.

„Schaut mal, wen ich da draußen gefunden habe“, rief die Stimme hinter seinem Rücken.

„Pfarrer Krieger!“ Der entsetzte Ausruf von Kirchengemeinderat Müller.

„Herr Müller! Hier sind Sie also! Das hätte ich nicht gedacht. Deshalb haben wir Sie in der Kirchengemeinderatssitzung vermisst.“ Meinhard Krieger war nicht weniger überrascht.

„Oh, die Herren kennen sich!“, sagte der Mann, der Meinhard die Pistole in den Rücken gehalten hatte. „Das ist unter diesen Umständen alles andere als erfreulich.“

Meinhard Krieger durfte sich auf einen Stuhl setzen. Der Lauf der Pistole blieb aber auf ihn gerichtet. Er versuchte, seine Angst niederzukämpfen.

„Was haben Sie hier gemacht?“, fragte ein weiterer Mann Meinhard Krieger.

„Ich kam zufällig auf einem Spaziergang hier vorbei und wollte einfach mal sehen, wer hier wohnt.“

Der Mann, der Meinhard Krieger überrascht hatte, gab ihm eine schallende Ohrfeige. „Deswegen sind Sie auch zufällig aus dem Kellerfenster geklettert. Sagen Sie mal, Herr Pfarrer, erlaubt Ihr Glaube eigentlich Einbrüche?"

Meinhard Krieger zog es vor zu schweigen.

„Das also ist Pfarrer Meinhard Krieger", sagte ein vierter Mann, „der Judenfreund und Schöpfer undeutscher Gedenktafeln. Sieh mal einer an. Ich habe ja schon einiges von ihm gehört. Irgendwie habe ich ihn mir männlicher vorgestellt. Er sieht wie ein Weichei aus! Das nenne ich Frechheit, einfach bei uns mal vorbeizuschauen. Mann, Sie haben Nerven! Oder sind Sie einfach nur blöd?"

Meinhard Krieger blieb bei seinem Schweigen. Er fixierte Siegbert Müller in der vagen Hoffnung, von ihm irgendein Zeichen geheimen Einverständnisses oder der Hilfe zu bekommen. Der aber wich dem Blick aus. Siegbert Müller, Mitglied des Kirchengemeinderates, allseits geschätzter Bürger und anerkannter Tierfreund bei dieser Bande! Es war nicht zu fassen.

„Was haben Sie hier gesucht?", fragte der Mann mit der Pistole. „Damit das klar ist: Ich will eine präzise Antwort."

„Ich sagte doch schon, ich kam zufällig hier vorbei."

„Jetzt hör mal zu, du Komiker", sagte der Mann böse, „mir scheint, du hast noch nicht begriffen, wie tief du in der Scheiße sitzt. Du bist mit Absicht hierhergekommen. Also, was hast du gesucht? Überlege dir gut, was du jetzt antwortest!"

Meinhard überlegte fieberhaft. Was sollte er sagen?

„Nun, was ist?" Die Stimme des Mannes mit der Pistole klang scharf und entschlossen.

Meinhard Krieger entschloss sich, die Wahrheit zu sagen. „Ich suche Markus Wagner."

„Was denn? Diese kleine Ratte? Was hast du mit dem zu tun?“

Siegbert Müller schaltete sich ein. „Markus Wagner ist doch der Freund von dieser mistigen Türkennutte. Und die wiederum durfte mehrere Wochen im Pfarrhaus wohnen, als ihnen das Haus abgebrannt ist. Wahrscheinlich ist sie zu Kriegers gelaufen, als ihr Markus geholt habt.“

„Das sind ja interessante Verbindungen“, sagte der Mann mit der Pistole. Dann wandte er sich an Meinhard Krieger. „Wer weiß noch, dass du hier bist?“

Meinhard Krieger dachte schnell nach. Susanne hatte gesagt, dass sie um Mitternacht die Polizei rufen wollte, wenn er nicht nach Hause kam. Sie wusste, wo er Markus suchen wollte. So lange konnte es bis Mitternacht nicht mehr dauern. „Niemand sonst weiß, dass ich hier bin“, log er.

Der andere Mann sah ihn misstrauisch an. Dann schaute er zu den anderen. „Was machen wir?“

Siegbert Müller schüttelte den Kopf. „Ich glaube ihm nicht. Ich kenne Pfarrer Krieger. Der geht doch um diese Zeit nicht aus dem Haus, ohne seiner lieben Frau zu sagen, wo er hingeht. Wir müssen verdammt aufpassen.“

Der dritte Mann stand entschlossen von seinem Stuhl auf. „Dann ist Gefahr im Verzug. Wir müssen schleunigst verschwinden. Die Sachen im Keller dürfen auch nicht hier bleiben. Gregor, fessle diesen Kerl, verbinde ihm die Augen und stopf ihm das Maul. Martin soll mit Markus dasselbe machen. Wir anderen laden die Kisten in den Lieferwagen. Am besten ist es, wenn wir Martin und den Pfarrer da auch in den Lieferwagen sperren. Wird ein bisschen eng, aber das geht schon. Los, Siegbert, mach, dass du in den Keller kommst. Ich helfe gleich, aber vorher rufe ich den Chef an und sage ihm, dass wir zu Paul fahren. An die Arbeit, Kameraden! Wir haben verdammt wenig Zeit."

„Streck die Hände aus", sagte der Mann mit der Pistole, der Gregor hieß, zu Meinhard Krieger. Dem blieb nichts anderes übrig, als dem Befehl zu gehorchen. Um seine Handgelenke schlossen sich zwei Handschellen. Starkes Klebeband wurde um seinen Kopf gewickelt, sodass er nichts mehr sehen konnte. Ein Taschentuch füllte seinen Mund und wurde ebenfalls mit Klebeband befestigt. Meinhard Krieger bemühte sich, nicht zu würgen, was beinahe unmöglich war. Der Mann, der ihn fesselte, griff in Meinhard Kriegers Tasche und nahm ihm das Handy weg.

Nach einiger Zeit fasste eine Hand nach ihm. Er spürte, wie er Treppen hinunterging, hörte unter seinen Füßen den Kies des Gartenweges und roch schließlich die Nähe eines Autos. Dann steckten ihn zwei Männer in den Laderaum des Lieferwagens und lehnten ihn an eine Kiste. Eine zweite Person wurde neben ihn gesetzt. Das musste Markus sein.

Als der Wagen losfuhr, versuchte Meinhard abzuschätzen, wie lange sie fuhren. Aber das war ein aussichtsloses Unternehmen. Der Stress, unter dem er stand, verwirrte seine Wahrnehmung. Mit dem Knebel im Mund merkte er, wie schwer es ihm fiel, durch die Nase zu atmen. Im Laufe des Tages war ihm gar nicht aufgefallen, wie viel Schleim er in der Nase hatte. Immer wieder musste er gegen einen Brechreiz ankämpfen. Von Markus neben sich bekam er nichts mit. Ob der Junge ohnmächtig war?

Irgendwann hielt der Lieferwagen. Nach einer Weile wurde der Laderaum geöffnet, zwei Hände griffen nach seinen Achseln, zwei andere nach seinen Füßen. Er wurde in einen Raum getragen, der etwas stickig roch. Man legte ihn auf den Boden. Schritte entfernten sich. Eine kurze Zeit war Ruhe. Dann näherten sich die Schritte wieder, und man legte Markus neben ihn.

Hände griffen nach seinem Kopf. Hätte ihn der Knebel nicht behindert, hätte er laut aufgeschrien, als das Klebeband von seinem Kopf entfernt wurde, denn es riss Haare und Augenbrauen aus. Dann wurde ihm der Knebel entfernt. Erleichtert atmete er auf. Gregor löste ihm und Markus sogar die Handfesseln.

„Schreit ruhig“, sagte er grinsend. „Hier hört euch keiner.“

Dann ging er hinaus, schloss die Tür hinter sich und drehte geräuschvoll den Schlüssel im Schloss.

„Hallo Markus“, sagte Meinhard Krieger, und seine Stimme krächzte, weil sein Mund durch den Knebel ausgetrocknet war, „willkommen im Unglück!“

19. Nacht der Angst

JE NÄHER DIE UHRZEIGER der Zwölf kamen, desto unruhiger wurde Susanne Krieger. Sie war keine ängstliche Frau, aber sie hatte von Anfang an kein gutes Gefühl gehabt, als sich ihr Mann aufmachte, um Markus Wagner zu suchen. Aber er wollte sich ja nichts sagen lassen. Kurz nach 23 Uhr hatte sie es nicht mehr ausgehalten und versucht, ihn auf seinem Handy anzurufen. Einen Augenblick hatte sie das Rufsignal gehört, dann brach es ab. Das beunruhigte sie noch mehr.

Sie sah Yasmin an. „Machen sich deine Eltern keine Sorgen, wenn du nicht nach Hause kommst?"

„Das schon, aber ich möchte jetzt bei Ihnen bleiben. Bitte!" Sie sah die Frau des Pfarrers flehentlich an.

„Na schön, du kannst bei Miriam schlafen. Ich muss dir ja nicht sagen, wo du die Sachen findest, die du brauchst. Ruf auf jeden Fall deine Eltern an, damit sie Bescheid wissen."

Sie hörte eine heftige Diskussion auf Türkisch, als Yasmin mit ihrem Vater sprach. Erregt legte das Mädchen auf. „Er ist dagegen, aber ich bleibe trotzdem hier." Sie ballte die Faust.

Susanne Krieger trommelte mit den Fingern auf den Tisch. Was ging da nur vor? Sie mochte noch immer nicht glauben, was Yasmin vorhin erzählt hatte. Markus und die Skinheads!? Markus war doch so ein netter Kerl. Sie hatte öfters mit ihm gesprochen, als er vor den Sommerferien mehrmals ins Pfarrhaus gekommen war, um Yasmin zu besuchen. Sie konnte sich nicht vorstellen, dass er schlimme Dinge getan haben sollte, wie er Yasmin gegenüber angedeutet hatte.

Vermutlich hatten ihn die Skinheads verprügelt an jenem Abend, als Meinhard ihn an der Gartenanlage aufgelesen hatte. Wahrscheinlich sahen sie ihn als Verräter an, weil er mit einem türkischen Mädchen befreundet war.

Sie blickte wieder auf die Uhr. Es war Viertel vor zwölf. Wenn Meinhard nur endlich käme! „Yasmin, du solltest ins Bett gehen."

„Ich will nicht. Ich will mit Ihnen auf Markus und Ihren Mann warten."

„Hör zu", sagte sie energisch zu dem Mädchen, „ich habe Jonas und Miriam vorhin in ihre Zimmer hochgeschickt, weil sie nicht mitbekommen sollen, wie nervös ich in dieser

Situation bin. Du hast auch gemerkt, wie heftig Miriam protestiert hat, weil sie in ihr Zimmer sollte, obwohl unten ihre Freundin im Wohnzimmer sitzt. Wahrscheinlich liegt sie die ganze Zeit oben wach auf ihrem Bett und wartet auf dich. Los, geh auch nach oben! Wenn Markus kommt, hole ich dich runter. Versprochen!"

Yasmin seufzte und gehorchte. Susanne Krieger stand auf, ging zum Fenster und sah in die Nacht hinaus. Als sie es Mitternacht schlagen hörte, ging sie zum Telefon, zögerte jedoch, die Nummer der Polizei anzurufen. Wenn Meinhard vielleicht in einigen Minuten kam, würde er sicherlich sagen, dass sich jeder mal verspäten könne. Nein, ein paar Minuten würde sie ihm noch geben.

Sie zwang sich zur Ruhe und wartete bis Viertel nach zwölf. Dann rief sie das Polizeirevier in Fliederstadt an und schilderte die Situation. Die Polizei versprach ihr, rasch zwei Beamten ins Pfarrhaus zu schicken.

Die diensthabenden Beamten im Revier sahen sich an. „Und was machen wir jetzt?", fragte Birger Holtzmann.

„Wenn es sich tatsächlich um eine Entführung handeln sollte, müssen wir die Kripo benachrichtigen", stellte Dieter Zeller fest.

Birger Holtzmann grinste. „Rufen wir die Mordkommission, das Einbruchdezernat, das Raub- oder das Sittendezernat an?"

„Lass die dummen Witze. In diesem Kaff hat die Kripo einen einzigen Namen, und der ist Neidling. Die Kripo-Kollegen in der Kreisstadt können wir später immer noch informieren. Los, ruf sie an und hol die Frau Kommissarin aus dem Bett."

Das erwies sich als Geduldspiel. Kommissarin Neidling

schlief fest, und Birger Holtzmann musste es lange klingeln lassen. Als sie endlich den Hörer in der Hand hatte, fiel es ihr im ersten Moment sehr schwer, den Ausführungen des Kollegen Holtzmann zu folgen. Doch dann gab sie einige Anweisungen. „Fahrt zu Frau Krieger und lasst euch alle Einzelheiten schildern. Wisst ihr, welchen Wagen Pfarrer Krieger fährt und was für ein Kennzeichen er hat? Gut. Alle, die auf Streife sind, sollen seinen Wagen suchen. Und noch was: Meinen Assistenten rufe ich selber an. Benachrichtigt ihr sofort das LKA. Wenn tatsächlich die Gruppe der Skinheads mit der Sache zu tun hat und Pfarrer Krieger verschwunden ist, dürfen wir nach den Vorfällen in Oberbuchen nichts ohne das LKA machen, sonst bekommen wir ganz dicken Ärger. Ich bin in ein paar Minuten bei euch."

Sie war noch nicht lange im Polizeirevier, als die Meldung kam, man habe Pfarrer Kriegers Auto in der Nähe des Panoramawegs gefunden. Also war er dort gewesen, wie er es seiner Frau gesagt hatte. Aber wo war er jetzt? Noch in der Villa?

„Sollen wir nicht mal zu dieser Villa fahren, von der Frau Krieger gesprochen hat?", fragte Dieter Zeller, dem das Warten überhaupt nicht behagte.

Kommissarin Neidling zögerte. „Wir sollten nichts ohne das LKA unternehmen. Hoffentlich kommen die bald."

Es dauerte allerdings insgesamt eine Stunde, bis Hauptkommissar Dombrowski mit einigen Leuten angekommen war. „Als Erstes brauche ich einen ganz starken Kaffee", rief er, als er in der Wache eintraf. „So, jetzt will ich einen kurzen, aber präzisen Bericht. Wie stehen die Aktien?"

Man sagte ihm, was bisher klar war. Die Streifenwagenbesatzung, die Susanne Krieger besucht hatte, berichtete, was man ihr mitgeteilt hatte. Hauptkommissar Dombrowski klopfte mit einem Bleistift an seine Schneidezähne. „Hm, das klingt alles recht kompliziert. Ob es tatsächlich eine Entführung ist, wissen wir nicht. Wir wissen bisher nur, dass Markus Wagner von zwei Leuten abgeholt worden und seitdem verschwunden ist. Pfarrer Krieger, der ihn suchen wollte, ist seit Mitternacht auch vermisst. Wisst ihr was über diesen Markus Wagner? Ist der schon mal auffällig gewesen?"

„Nichts Besonderes. Er hat mal auf einer Party laut krakeelt, weil er ein paar Bier zu viel intus hatte. Jemand hat sich über ihn beschwert, und er bekam eine Ermahnung, das war's dann auch schon." Birger Holtzmann zuckte mit den Achseln.

„Was sagen die Eltern von Markus Wagner? Haben die was ausgesagt, was uns weiterhelfen könnte?", wollte Holger Dombrowski wissen.

Einer der Polizeibeamten schüttelte den Kopf. „Da gibt es nur die Mutter. Als wir vorhin bei ihr waren, war sie besoffen. Die hat das Fehlen ihres Sohnes noch nicht mal bemerkt."

„Das sind ja entzückende Zustände", seufzte der Beamte vom Landeskriminalamt. „Dieses Mädchen Yasmin, seine Freundin, sagte, sie habe einen der Skins in dem Auto erkannt, das Markus mitgenommen hat. Kennt ihr alle Skinheads in Fliederstadt?"

Dieter Zeller nickte. „Klar, die sind uns bekannt."

„Gut", entschied der Hauptkommissar, „in spätestens einer halben Stunde will ich die ganze Gruppe hier auf dem Revier haben. Sorgt dafür, dass sie sich nicht untereinander absprechen können. Kennt ihr noch jemanden, der in die Sache verwickelt sein könnte?"

Die Fliederstädter Beamten überlegten. „Nein, da fällt uns niemand mehr ein."

„Na schön, an die Arbeit, Leute."

„Moment mal", warf Birger Holtzmann ein und schnippte mit den Fingern, „Kollegen, helft mir mal nachdenken. Die Kollegen vom Revier Waldenstetten haben doch kürzlich Meldung gemacht wegen eines anonymen Briefes, in dem ein gewisser Siegbert Müller beschuldigt wird, an einer Brandstiftung in Bartelsweiler beteiligt gewesen zu sein."

„Ja, und?", fragte Hauptkommissar Dombrowski ungeduldig. „Was hat das mit unserem Fall zu tun?"

„Nun ja, der Kollege Lothar Gaiser hat daraufhin diesem Müller mal unter einem Vorwand einen unauffälligen Besuch abgestattet und berichtet, dieser Müller habe Nazi-Literatur in seinem Bastelkeller gehabt. Bitte, ich weiß nicht, ob das eine Spur ist, aber ich wollte es doch gesagt haben."

Holger Dombrowski klopfte wieder mit dem Bleistift an seine Zähne, überlegte und sah den uniformierten Kollegen nachdenklich an.

„Dieser Müller gehört doch zum Kirchengemeinderat von Pfarrer Krieger." Die Skepsis in Dieter Zellers Stimme war unüberhörbar. „Der wird doch mit dem Verschwinden seines eigenen Pfarrers nichts zu tun haben. So ein Quatsch!"

„Kollegen, wir müssen jedem Hinweis nachgehen. Bei uns im LKA verdichten sich die Hinweise, dass es da eine neonazistische Gruppe gibt, die äußerst konspirativ vorgeht und sehr gefährlich ist." Er wandte sich an Birger Holtzmann. „Sehr gut, Kollege, dass Sie daran gedacht haben." Dann sah er Kommissarin Neidling an. „Dieser Siegbert Müller wäre doch was für Sie. Nehmen Sie Ihren Kollegen Kloth mit und klopfen Sie mal bei ihm auf den Busch."

Er stand auf. „Jetzt aber los! Meine Männer und ich schauen uns die Villa im Panoramaweg an. Halt, da fällt mir noch was ein. Hat dieser Krieger ein Handy bei sich? Wenn ja, welche Nummer bei welcher Telefongesellschaft?“ Er sah die zwei Beamten, die Susanne Krieger besucht hatten, fragend an. Denen war diese Frage sichtlich unangenehm.

„Das haben wir vergessen zu fragen“, gaben sie zu.

Hauptkommissar Dombrowski verbiss sich eine scharfe Bemerkung. „Bringt das sofort in Erfahrung und ruft dann beim Telefonbetreiber an. Vielleicht, dass wir ein Signal von seinem Handy bekommen und ihn dann orten können.“

„Einen Augenblick noch, bevor es losgeht, Herr Hauptkommissar“, sagte Kriminalhauptmeister Kloth, „ich hätte da noch eine Frage: Was ist mit diesem Paul Schmitthenner?“

„Der wohnt in Reutlingen und ist damit ein ganzes Stück von Fliederstadt entfernt“, antwortete Holger Dombrowski. „Wie kommen Sie jetzt auf den?“

„Wegen Pfarrer Krieger. Auch wenn man Schmitthenner nicht nachweisen konnte, dass er mit dem Tod von Walter Miller was zu tun hat, habe ich doch so ein Gefühl, dass er in der ganzen Sache drinhängt. Fragen Sie mich jetzt nicht nach eindeutigen Hinweisen. Die habe ich nicht. Es ist einfach mein Instinkt, der mich warnt.“

Hauptkommissar Dombrowski fuhr sich mit der Hand übers Gesicht. Man sollte um diese Uhrzeit nicht arbeiten müssen, dachte er. „Kollege Kloth, Ihr Instinkt in allen Ehren. Ob Sie recht haben, wird sich vielleicht bald klären. Im Augenblick haben wir keinen Hinweis darauf, dass er akut mit dem Verschwinden von Markus Wagner und Meinhard Krieger zu tun hat. Wir werden jetzt erst mal die Villa in Augenschein nehmen und die Herren Skinheads vernehmen, sobald sie hier sind. Eins nach dem andern, bitte. Aber wenn wir hier fertig sind und noch immer nicht klüger sein sollten, werden wir auch diesem Schmitthenner noch mal auf die Finger schauen."

Schon einige Zeit, bevor sich der Polizeiapparat in Bewegung setzte, wurde auch die Nachtruhe des „Chefs" gestört. „Schon wieder dieser Pfarrer!", schimpfte er, als Kamerad Günter Vogelsang ihn am Telefon über die Vorgänge in der Villa informierte. „Es wird Zeit, diesen Mann auszuschalten. Aber darum kümmere ich mich selbst. Wo bringt ihr jetzt den Pfarrer und diesen Markus hin?"

Kamerad Günter wurde durch diese Frage irritiert. „Zu Paul natürlich. Außerdem hattest du vor einiger Zeit gesagt, dass auch die Kisten nicht lange in der Villa bleiben können und Paul sich darum kümmern sollte."

„Das ist keine gute Idee, jetzt die zwei Gefangenen und die Kisten zu Paul zu bringen."

„Warum nicht, Chef? Das verstehe ich nicht."

„Zum Donnerwetter, es ist keine gute Idee! Paul muss zurzeit sehr vorsichtig sein. Fahrt das Zeug in unseren Stützpunkt nach Rottweil. Aber seid bloß vorsichtig. Keiner darf was merken. Hast du mich verstanden?"

„Klar, Chef."

„Günter, wer ist bei euch? Wie viel Mann seid ihr?"

„Nun, da bin ich, dann ist Siegbert da, Martin, Gregor und Jochen."

Der Chef dachte nach. „Lass die Kameraden aus Fliederstadt und Waldenstetten so schnell wie möglich nach Hause fahren. Sag ihnen auch nicht, wohin ihr anderen fahrt. Es ist sicherer für sie, wenn sie es nicht wissen. Gregor, Jochen und du, ihr bringt unsere Fracht nach Rottweil. Ihr müsst das ohne Siegbert und Martin schaffen. Ich werde morgen im Lauf des Vormittags zu euch kommen, sobald ich hier wegkann. Paul wird ebenfalls zu euch stoßen. Ich sage ihm noch Bescheid. Und jetzt haut ab und lasst bloß nichts Verdächtiges liegen. Bis morgen!"

Am anderen Ende der Leitung war Günter immer noch sehr irritiert. In welchen Schwierigkeiten steckte Paul, sodass man jetzt nicht zu ihm fahren sollte? Dass der Chef auch immer so knauserig mit Informationen sein musste!

Das jedoch war das Prinzip des Chefs. Er arbeitete mit verschiedenen Gruppen und achtete darauf, dass sie untereinander von ihren Aktionen nur das wussten, was er für richtig hielt. Im Zweifelsfall sollte die eine Gruppe die andere nicht belasten können. Je riskanter seine Aktionen allerdings wurden und je mehr Leute er für seinen „Krieg" gewann, desto komplizierter wurde dieses System der dosierten Informationen. Dass er zunehmend unter einem nervösen Magen litt, kam nicht ohne Grund.

Es war kurz nach 2.30 Uhr. Susanne Krieger saß im Wohnzimmer und suchte Trost im Gebet. Zur gleichen Zeit standen Kommissarin Neidling und ihr Assistent Kloth vor der Haustür des Kirchengemeinderats Siegbert Müller. Sie klingelten. Es dauerte eine ganze Weile, bis eine heisere Stimme aus der Sprechanlage tönte: „Was ist?"

Als er den beiden Kriminalbeamten die Tür öffnete, war er sichtlich nervös. „Was wollen Sie von mir um diese Uhrzeit?"

„Dürfen wir bitte eintreten?", fragte die Kommissarin höflich. „Es ist doch recht kühl hier draußen."

Sie betraten das Wohnzimmer. Frau Müller kam dazu, einen langen Morgenmantel über ihrem Nachthemd.

„Verzeihen Sie", sagte die Kommissarin, „Pfarrer Krieger ist verschwunden. Vielleicht können Sie uns eine Auskunft geben."

Das Ehepaar sah sich an. „Nein, wie kommen Sie darauf?"

„Wann haben Sie ihn zuletzt gesehen?"

Siegbert Müller überlegte. „Das mag jetzt zwei oder drei Tage her sein."

„Ach", fragte Ulrich Kloth, „dann waren Sie nicht in der Kirchengemeinderatssitzung?"

„Nein." Siegbert Müller schüttelte den Kopf. „Es ging mir nicht so gut. Deshalb war ich nicht in der Sitzung."

„Wo waren Sie dann?", fragte der Kriminalhauptmeister streng, der sich entschlossen hatte, aufs Ganze zu gehen, wenn er schon zu nachtschlafender Zeit arbeiten musste.

„Ich war zu Hause. Wo sonst?", erwiderte Siegbert Müller etwas ärgerlich.

„Sie können das sicher bestätigen, Frau Müller?", fragte die Kommissarin.

Die Frau des Kirchengemeinderats nickte vorsichtig mit dem Kopf. „Ja, ja, er war hier", sagte sie ängstlich. „Wir waren beide den ganzen Abend zusammen."

„Ihr Auto steht in der Garage?", wollte Ulrich Kloth wissen. „Darf ich bitte mal den Garagenschlüssel und den Autoschlüssel haben?"

„Wozu? Was soll das? Was fällt Ihnen ein? Warum wollen Sie die Schlüssel?", fragte Siegbert Müller mit lauter Stimme. Dem aufmerksamen Kriminalhauptmeister entging die Unsicherheit in der Stimme nicht.

„Ganz einfach, weil die Polizei Sie darum bittet", sagte er energisch. „Also, was ist?"

Frau Müller stand auf, holte die Schlüssel und gab sie ihm.

Der Kriminalhauptmeister verschwand. Nach kurzer Zeit kam er wieder.

„Sie waren also beide den ganzen Abend lang hier?", fragte er.

„Das habe ich Ihnen doch schon mal gesagt", rief Siegbert Müller und wurde immer nervöser.

„Fährt eine dritte Person Ihr Auto?"

„Nein."

„Na, dann erklären Sie mir mal, warum der Motor Ihres Wagens noch warm ist, wenn Sie den ganzen Abend zu Hause waren!"

Siegbert Müller klappte zusammen. „Ich sage gar nichts mehr. Was fällt Ihnen ein, mit einem unbescholtenen Bürger so umzugehen?"

Die Frau des Kirchengemeinderats rang die Hände. „Siegbert, ich habe dir immer gesagt, das geht nicht gut."

Er schrie sie an: „Halt den Mund, Klara!"

Die Kommissarin stand auf. „Herr Müller, ziehen Sie sich bitte an. Ich muss Sie bitten, uns auf das Polizeirevier Fliederstadt zu begleiten."

Als Siegbert Müller in sich zusammengesunken auf einem Stuhl im Polizeirevier saß, sagte die Kommissarin: „Kloth, geben Sie mir ausnahmsweise auch mal eine Zigarette. Ich bin hundemüde. Sie sind heute besser als ich. Dass Sie auf die Idee kamen, den Motor des Wagens zu prüfen, war wirklich gut."

Er grinste. „Ach, wissen Sie, so warm war der Motor gar nicht mehr. Sagen wir mal so: Ich hatte von der Temperatur her den Eindruck, dass der Motor noch etwas kühler hätte sein müssen, wenn der Wagen den ganzen Abend lang unbenutzt in der Garage gestanden haben sollte. So sicher war ich mir da gar nicht, wie ich getan habe. Aber ich fresse einen Besen samt Stiel mit Putzfrau, wenn dieser Biedermann nicht Dreck am Stecken hat."

20. Zusammenhänge

Meinhard Krieger sah sich um. Der Raum hatte kein Fenster, zwei Lüftungsschächte sorgten für die Luftzufuhr. Ein Tisch und drei Stühle standen in dem Raum. Eine Ecke des Raumes war durch eine Kunststoffwand abgetrennt. Er sah sich das an und fand eine Toilette und ein Waschbecken. „Na, wenigstens das ist vorhanden", sagte er zu Markus, der sich auf einen der Stühle gesetzt hatte. „Es ist ja nicht gerade eine Luxussuite, wo wir gelandet sind." Markus war bleich, an der linken Hand und an der rechten Wange hatte er eine Wunde.

„Wieso sind Sie eigentlich hier, Herr Pfarrer?"

„Weil ich dich gesucht habe. Yasmin kam völlig aufgelöst zu uns. Du musst ihr mal was von der Villa im Panoramaweg erzählt haben. Dort wurde ich geschnappt."

„Es tut mir leid, dass Sie meinetwegen in der Tinte sitzen."

„Hast du eine Ahnung, wo wir sein könnten, Markus?"

Markus schüttelte den Kopf. „Ich weiß es nicht."

„Was sind das für Wunden, die du hast? Was ist passiert?" Meinhard Krieger sah den jungen Mann besorgt an.

„Sie haben zwei Zigaretten auf meiner Haut ausgedrückt."

„Was, sie haben dich gefoltert? Warum?" Meinhard Krieger war schockiert und empört zugleich.

„Sie wollten was von mir wissen." Markus machte erst einmal keine Anstalten weiterzureden. Nach längerer Pause fragte er: „Herr Krieger, können Sie nicht beten oder so was, dass wir hier wieder rauskommen?"

„Was glaubst du, was ich die ganze Zeit mache, Markus?", erwiderte Meinhard Krieger etwas gereizt.

„Nein, ich meine richtig beten, mit Worten und Amen und so."

„Ja, natürlich, das mache ich gern." Meinhard Krieger sprach ein Gebet und spürte, dass seine Worte an Kraft gewannen, je länger er sprach. So kam Markus zu dem bisher längsten Gebet seines jungen Lebens. Als Meinhard Krieger geendet hatte, sah er seinen ehemaligen Schüler auffordernd an.

„So, nachdem ich dank deiner Mithilfe hier in diesem Loch sitze und wir auf ein Frühstück wohl noch warten müssen, könntest du mir ja was erzählen. Ich glaube, du hast einiges zu sagen."

„Das ist aber eine längere Geschichte, Herr Krieger."

„Ach, ich habe die nächste halbe Stunde nichts weiter vor", erwiderte Meinhard Krieger trocken. „Außerdem hör auf, mich ständig ‚Herr Krieger' zu nennen. Ich heiße Meinhard."

„Okay, Meinhard. Ich weiß gar nicht, wie ich anfangen soll."

„Gut, dann lass mich eine Frage stellen. Yasmin sagte, du hättest mit den Skinheads zu tun. Stimmt das? Wenn ja, wie hast du sie kennengelernt?"

„Tja, das liegt schon eine Weile zurück. Ich war noch in

der zehnten Klasse und habe mich nach einer Lehrstelle umgesehen. Das war ziemlich schwierig. Doch dann fand ich eine in Fliederstadt bei Auberle & Vogt, die mich sehr interessiert hat. Ich hatte sie schon beinahe sicher, da hat sie ein anderer bekommen. Kennen Sie die Pizzeria ‚Capri‘ in Fliederstadt? Der Antonio aus dem ‚Capri‘ hat die Stelle gekriegt. Ich war stinksauer, als ich die Absage bekam, und wollte irgendwo ein paar Bier trinken und den Ärger runterspülen. In einer Kneipe habe ich zwei von denen getroffen. Wir haben so geredet, und sie haben mir dann erzählt, dass es vielen Deutschen so gehe. Wenn die vielen Ausländer nicht im Land wären, hätte ich auch leichter einen Ausbildungsplatz gefunden und es wären weniger Menschen arbeitslos. So haben sie gesagt. Mir hat das eingeleuchtet, und wir haben lange geredet. Von da an haben wir uns öfters getroffen. Ich fand ihre Ansichten ziemlich cool.“

„Hast du mit deinen Eltern darüber geredet?“

„Meinen Vater habe ich zuletzt gesehen, als ich fünf oder sechs Jahre alt war. Und meine Mutter? Wenn sie gut drauf ist, kann man mit ihr reden. In letzter Zeit ist sie meistens nicht gut drauf und dann säuft sie.“

Meinhard Krieger seufzte. Ihm wurde bewusst, wie wenig er über die Jugendlichen wusste, denen er in der Schule zwei Stunden Religionsunterricht pro Woche gab.

Markus erzählte weiter. „Ich habe mich mit den Skins befreundet. Sie waren gute Kumpel, gar nicht so die Säufer und Schlägertypen, wie viele meinen. Wir haben über vieles geredet. Manchmal sprachen sie von einer ‚nationalen Bewegung‘ und wie wichtig es sei, dass diese Bewegung wachse. Als ich nachfragte, sagten sie, wenn ich wirklich interessiert sei, würde Paul mal zu mir kommen.“

„Wer ist dieser Paul?"

„Der ist so ein richtiges Elefantenbaby. Fast zwei Meter groß, breit wie ein Nilpferd und Hände wie Kohlenschaufeln. Der hat mich mal besucht. Er fährt einen alten Straßenkreuzer und hat mit mir eine tolle Tour durchs Land gemacht. Dabei hat er geredet wie ein Buch. Er wusste über vieles unheimlich gut Bescheid. Er hat mir auch erzählt, dass das Dritte Reich gar nicht so schlecht gewesen sei, wie man immer hört."

„Das also ist Paul", sagte Meinhard Krieger und spürte, wie seine Handflächen feucht wurden. Er sagte Markus aber nichts über den Verdacht, der in ihm aufgestiegen war.

Markus merkte nicht, wie angespannt sein Leidensgenosse war, und wurde etwas rot, als er fortfuhr: „Also, Paul sagte mir, wenn ich wollte, könnte ich der nationalen Bewegung dienen. Ich sollte aber mit niemandem darüber sprechen. Keiner dürfe wissen, was ich wirklich denke und tue. Eines Tages drückte mir einer der Skins einen Brief von Paul in die Hand. Es lagen 50 Euro drin und eine Anweisung, von der er schrieb, ich solle sie als erste Bewährungsprobe verstehen."

„Was für eine Bewährungsprobe war das?"

Markus schluckte. „Da stand, ich solle bei nächster Gelegenheit einem gewissen Pfarrer Meinhard Krieger einen Denkzettel verpassen, indem ich ihm die Autoreifen zerschneide."

Meinhard Krieger war einen Augenblick lang sprachlos. Dann holte er tief Luft. „Markus, wenn wir hier wieder rauskommen, bekommst du eine Ohrfeige, dass du an der Wand klebst."

Markus war zerknirscht. „Okay, Meinhard, ich bin einverstanden."

„Halt, ich weiß was Besseres. Du wirst mir den Rasen mähen, und zwar viermal. Für jeden Reifen einmal."

„Geht in Ordnung, Meinhard." Markus schwieg. Auch Meinhard Krieger schwieg. Diese Neuigkeiten musste er erst verdauen.

Doch in Markus arbeitete es. Er musste sich Luft machen. „Meinhard, du bist doch Pfarrer, und einem Pfarrer kann man doch alles erzählen?"

Meinhard Krieger nickte und war gespannt, was jetzt kommen würde.

Markus zögerte einen Augenblick, dann setzte er wieder an. „Ich habe dann ab und zu kleinere Aufträge bekommen, und immer war ein Geldschein dabei. Meine Mutter hält mich ziemlich kurz. Es waren meistens nur kleinere Beträge, aber für mich doch eine Menge Kies. Eines Tages gab mir Martin, das ist einer von den Skins, einen Auftrag, der mir sage und schreibe fünfhundert Euro bringen würde."

Wieder zögerte er, stand auf und ging im Raum hin und her. „Meinhard, ich habe Scheiße gebaut. Ganz gewaltig sogar. Den Brand in Yasmins Haus – also, den hab ich gelegt."

Meinhard war es, als ob er einen Schlag in den Magen bekommen hätte. „Du warst das? Wie hast du das gemacht? Das war doch bestimmt sehr schwierig."

Markus zitterte, aber jetzt redete er ohne Unterbrechung. „So schwierig war das gar nicht. Martin kannte das Haus recht gut. Er ist Heizungsmonteur und hat da mal ein oder zwei Tage lang zu tun gehabt. Die Haustür bei Yasmin ist abgeschlossen, aber wegen ihrer fünf Kinder haben sie im Garten unter einem Stein einen Schlüssel für die Hintertür versteckt. Martin gab mir so ein elektronisches Gerät und verriet mir, dass einer Ihrer Kirchengemeinderäte, dieser

Müller, das gebaut habe. Es hatte einen Zeitzünder. Ich sollte mich ins Haus schleichen und das Ding in einem Verschlag unter der Treppe deponieren. Außerdem bekam ich noch so ein Zeug, das ich auf brennbare Sachen in der Nähe des Zünders sprühen sollte. Es war so, wie er es gesagt hatte. Ich musste mich nur eines Nachts anschleichen und alles nach Anweisung machen."

Er ging zum Waschbecken und trank einen Schluck Wasser. Meinhard griff sich an den Kopf. In was für Dinge Markus nur geraten war!

„Und dann, Markus?"

„Also, ich stand in jener Nacht da und habe mich versteckt. Ich wollte natürlich sehen, was passiert. Der Zünder muss ziemlich präzise gearbeitet haben. Schon bald nach der eingestellten Zeit sah ich, dass Feuer im Haus war. Nach kurzer Zeit brannte es ziemlich stark, und die Familie rannte schreiend aus dem Haus. Die Eltern sind noch mal ins Haus, wahrscheinlich, weil sie einige Sachen retten wollten. Die Kinder standen auf der Straße. Die Kleinen haben fürchterlich geweint. Da wurde mir erst so richtig klar, dass ich unter Umständen eine ganze Familie umgebracht hätte. Ich sah Yasmin stehen und beobachtete sie, wie sie sich um ihre Geschwister kümmerte. Ich fand das toll, wie sie das machte. Ich weiß nicht, wie ich das sagen soll. Irgendwie dachte ich: So eine Schwester hätte ich auch gerne. Können Sie das verstehen?"

Meinhard Krieger nickte und atmete schwer. Mein Gott, dachte er, wenn ich das alles gewusst hätte. Markus, Markus, was für eine Schuld hast du dir da aufgebürdet!

„Mir ging es danach ziemlich mies. Von den fünfhundert Euro habe ich viele Sachen für Yasmin und ihre Geschwister gekauft. Sie fragte mich, woher ich das Geld habe, aber das habe ich ihr natürlich nicht gesagt." Markus hatte jetzt Tränen in den Augen.

„Erzähl weiter, Markus", forderte Meinhard den jungen Mann auf.

Der zuckte mit den Achseln. „Na ja, einiges weißt du ja. Ich habe mich von da an öfters mit Yasmin getroffen und gemerkt, dass sie als Türkin … Ach, ich weiß auch nicht, wie ich das ausdrücken soll. Dass sie Türkin ist, war gar nicht wichtig. Sie ist einfach ein tolles Mädchen. Im Lauf der Zeit habe ich mehr und mehr begriffen, dass es gar nicht darauf ankommt, woher einer kommt und wie er aussieht, sondern ob er als Mensch was taugt. Was mir die Skins und Paul über Ausländer gesagt haben, war einfach Quatsch. Ich habe dann nach Möglichkeit Abstand zu den Skins gehalten. Sie ließen mich auch ziemlich in Ruhe. Vielleicht aus Sicherheitsgründen. Ich weiß es nicht."

„Sag mal, Markus, als ich dich kürzlich an dem Gartenzaun aufgelesen habe: Waren es die Skins, die dich verprügelt haben?"

Markus schüttelte den Kopf. „Nein, das war die Fliederstadter Türkengang. Die wissen, dass ich mit den Skinheads zu tun habe und trotzdem mit einem türkischen Mädchen gehe. Sie meinten, ich hätte mal eine richtige Abreibung gebraucht."

„Ach, du lieber Himmel! Da sitzt du ja zwischen Baum und Borke. Du hast ein Talent, dich in Schwierigkeiten zu bringen."

„Wenn du wüsstest, wie recht du hast, Meinhard. Ich habe mir dann noch mehr Probleme gemacht. Und dir damit auch."

„Wie meinst du das?“, fragte Meinhard Krieger und erwartete den nächsten Tiefschlag.

Markus biss sich einen Fingernagel ab. „Ich wollte irgendwie wiedergutmachen, was ich angerichtet habe, und mir ist ja auch klar geworden, was für miese Dinge da gedreht werden. Da habe ich einen anonymen Brief an die Polizei geschrieben, sie sollten mal bei dem Müller nach elektronischen Zündern suchen. Das war eine idiotische Idee. Deshalb haben die mich gestern Abend auch geholt. Bei dem Müller muss die Polizei aufgetaucht sein. Jetzt wollten sie von mir wissen, ob ich dahinterstecke. Daher die Brandwunden.“

Meinhard Krieger sah Markus mitfühlend an. Gleichzeitig spürte er, wie die Angst in ihm hochstieg. „Und? Hast du es ihnen gesagt?“

Markus nickte und fing wieder an zu zittern.

Beide schwiegen. Meinhard Krieger versuchte nachzudenken. Das war bei der Fülle des Gehörten gar nicht so einfach. Aber eines war klar: Sie schwebten beide in höchster Gefahr. Wenn dieser Paul, von dem Markus erzählt hatte, derselbe Mann war, der damals im Februar einen anderen erschlagen hatte, hatten sie nichts Gutes zu erwarten. Meinhard wurde einen Augenblick lang schlecht vor Angst. Still betete er und beruhigte sich dabei etwas. Markus sollte seine Angst nicht merken. Er fühlte sich für den Jungen verantwortlich. Er sah auf seine Uhr. Es war kurz nach fünf Uhr.

„Markus, was hältst du von einem Frühstück? Ich denke da an Rührei mit Schinken oder Würstchen, Vollkornbrot, Käse und zum Nachtisch etwas Obst.“

Markus sah seinen ehemaligen Religionslehrer ungläubig an. „Frühstücken Sie immer so ausgiebig?“ Er hatte vergessen, dass sie sich mittlerweile duzten.

Meinhard Krieger versuchte ein Grinsen. „Nein, normalerweise esse ich morgens nur Marmeladen- oder Honigbrot. Aber unter diesen Umständen könnte ich etwas Kräftigeres gebrauchen. Ich befürchte allerdings, der Zimmerservice lässt hier zu wünschen übrig."

21. Polizeiarbeit

IM POLIZEIREVIER FLIEDERSTADT hätte sicher mancher Polizeibeamte auch nichts gegen ein kräftiges Frühstück gehabt, aber daran war nicht zu denken. Mittlerweile war Verstärkung aus der Kreisstadt eingetroffen. Hauptkommissar Dombrowski vom Landeskriminalamt war mit seinen Männern in die Villa eingedrungen. Sie fanden weder Markus Wagner noch den Pfarrer. Es war nur klar, dass sich vor kurzer Zeit Leute in dem Gebäude aufgehalten haben mussten. Was das für Leute waren, war nicht herauszubekommen. Die Glasscherben im Keller und das geöffnete Fenster ließen sie vermuten, dass an dieser Stelle vielleicht Pfarrer Krieger in das Haus eingestiegen war. So sicherten sie das Gebäude, alarmierten die Spurensicherung, und danach ging die Mehrzahl der Polizisten ins Revier zurück.

Dort saß Siegbert Müller immer noch wie ein Häufchen Elend auf einem Stuhl und antwortete auf alle Fragen von Kommissarin Neidling mit dem stereotypen Satz, er werde nichts sagen. Aber er war sichtlich angeschlagen. „Wetten, irgendwann klappt der zusammen, und dann redet er wie ein

Buch", sagte Hauptmeister Kloth zu seiner Vorgesetzten. Die nickte nur und dachte sehnsüchtig an ihr Bett.

In einem anderen Raum saß die Gruppe der Skinheads aus Fliederstadt. Ein Polizeibeamte bewachte sie und verhinderte, dass sie miteinander sprachen. Hauptkommissar Dombrowski holte sich einen Becher Kaffee und sah sich die jungen Männer durch eine Scheibe an. Müde rieb er sich die Augen. Wie gern hätte er jetzt eine ausgiebige Pause gemacht. Aber das ging nicht. Er rief die zwei Beamten, die bei Susanne Krieger gewesen waren, zu sich.

„Kollegen, helft meinem müden Hirn auf die Sprünge. Habe ich das richtig in Erinnerung: Die türkische Freundin von Markus Wagner hat den Kriegers erzählt, ein ihr unbekannter Mann und einer von den Skinheads hätten diesen Markus in einem Auto mitgenommen?"

Die beiden Polizisten bestätigten diese Aussage.

„Wisst ihr, welcher von den Skins das ist?"

„Nein." Beide Beamten schüttelten den Kopf.

„Und wo ist das türkische Mädchen jetzt?"

„Die ist noch bei Kriegers."

Hauptkommissar Dombrowski unterdrückte ein Gähnen. „Kollegen, seid so nett, fahrt noch mal ins Pfarrhaus nach Oberbuchen und bringt mir das Mädchen hierher. Sagt, dass es uns furchtbar leid tut usw. Wenn sie einen von diesen Burschen erkennt, nehme ich mir den als Ersten zur Brust."

Während er auf Yasmin wartete, fragte er den Revierleiter nach der Villa im Panoramaweg. „Ist Ihnen da schon mal was aufgefallen?"

„Nein. Meistens ist da niemand. Nur manchmal sieht man abends Licht."

„Hm, wem gehört die Villa denn? Wer kommt denn da zu Besuch?"

Der Revierleiter überlegte. „Genau weiß ich das auch nicht. Ich habe mal gehört, das sei irgendeine Erbengemeinschaft, wo alle Beteiligten im Ausland sind. Vielleicht, dass da manchmal einer kommt und die Villa nutzt."

„Gut, dann werden wir diesbezüglich noch recherchieren müssen. – Oh, die Kollegen sind mit dem türkischen Mädchen da."

Er ging auf Yasmin zu, die einen sehr verschüchterten Eindruck machte.

„Guten Morgen, Yasmin. Entschuldige, dass ich dich aus dem Bett holen lassen musste. Aber du bist für uns eine wichtige Person und kannst uns vielleicht sehr helfen."

„Ich habe nicht geschlafen. Haben Sie Markus gefunden? Und Pfarrer Krieger?"

„Leider noch nicht. Pfarrer Kriegers Auto haben wir gefunden, und es sieht ganz so aus, als ob er in die Villa eingedrungen ist, von der dir Markus erzählt hat. – Sag mal, so ganz unter uns, du hast Markus sehr lieb?"

Yasmin nickte und gab sich Mühe, nicht zu weinen.

„Er ist bestimmt ein netter Kerl, und vielleicht helfen uns deine Antworten, Markus bald zu finden. Pass auf! Du bist darum für uns so wichtig, weil du die letzte Person bist, die ihn gesehen hat. Du hast gesagt, zwei Männer hätten ihn in einem Auto abgeholt."

Wieder nickte Yasmin.

„Hast du die Männer gekannt? Und wenn ich noch eine zweite Frage stellen darf: Was für ein Auto war das? Was für eine Marke? Kannst du dich an das Kennzeichen erinnern?"

Yasmins Augen füllten sich wieder mit Tränen. „Ich bin so

dumm, dass ich mir das alles nicht gemerkt habe. Den einen Mann habe ich noch nie gesehen, der jüngere von beiden ist bei den Skinheads. Aber eine Glatze hat er nicht."

„Pass mal auf, wir werden jetzt ein bisschen durch diese Jalousie spicken, und du sagst mir, ob der Mann, von dem du sprichst, dabei ist. In Ordnung? Du brauchst keine Angst zu haben."

Sie gingen an die Scheibe, und Holger Dombrowski bog zwei Lamellen auseinander. „Nun, kannst du was sehen?"

„Ja, der Zweite von links, das ist er. Da bin ich mir sicher."

„Gut gemacht, Yasmin! Das hilft uns sehr. Und das Auto?"

„Ich weiß nicht", jammerte Yasmin.

„Ganz ruhig, Yasmin. An die Farbe kannst du dich doch bestimmt erinnern. War es ein großes oder ein kleines Auto? War es ein Kombi oder nicht? Hatte es ein Schiebedach? Alles, an was du dich erinnerst, kann uns helfen."

„Das Auto war dunkelgrün, weder besonders groß noch klein. Es war kein Kombi, ein ganz normales Auto eben. Hinten am Heck auf der rechten Seite war die Deutschlandfahne als Aufkleber."

„Prima, Yasmin. Du hast besser beobachtet, als du dachtest. Ich will dir jetzt ein paar Fotos von einigen Männern zeigen. Manchmal sind die Fotos nicht so scharf und die Bilder nicht so genau. Wir haben diese Aufnahmen heimlich gemacht. Wenn du einen von ihnen erkennst, sagst du es mir bitte."

Er holte eine Mappe und legte Yasmin ein Bild nach dem anderen vor. Es waren Aufnahmen, die der Verfassungsschutz hauptsächlich bei rechtsradikalen Veranstaltungen gemacht hatte.

Yasmin verwirrte die Fülle der Bilder sichtlich. Ratlos

nahm sie ein Foto nach dem anderen zur Hand. Hauptkommissar Dombrowski bemühte sich, geduldig zu sein, obwohl ihm das nicht leichtfiel. Er war erschöpft. Es hatte wohl keinen Sinn, das Mädchen mit den Bildern zu quälen. Doch er durfte keine Chance ungenutzt lassen. Da fiel ihm auf, dass Yasmin zwei Bilder noch einmal in die Hand nahm.

„Ist dir etwas aufgefallen, Yasmin?“, fragte er vorsichtig.

„Ich weiß nicht. Ich bin mir nicht sicher. Aber der da“ – sie zeigte auf einen Mann, der auf einem Foto in einer Gruppe von Männern auf der rechten Seite stand –, „also, der da könnte es gewesen sein, der in dem Auto saß. Ich weiß es nicht genau, aber so ähnlich sah er aus.“

„Aha. Das ist ja interessant. Warte mal, ich habe da noch eine Mappe. Ich muss da mal nach einem bestimmten Foto suchen. Zum Kuckuck, wo ist es denn? Ah, hier. Schau mal!“

Das Foto zeigte den Mann, der Yasmin auf dem anderen Foto bekannt vorgekommen war, wie er eben in ein Auto stieg.

„Ja“, rief Yasmin, „das ist der Mann noch mal, und so hat auch das Auto ausgesehen, das Markus abgeholt hat.“

Hauptkommissar Dombrowski war mit einem Schlag hellwach. „Yasmin, du bist spitze! Du darfst jetzt wieder im Polizeiauto nach Hause oder zu Kriegers fahren. Ganz wie du willst. Außerdem hast du einen Wunsch frei. Hier ist meine Karte. Ruf mich an und sage, was ich dir schenken kann.“

Dann rief er seinen Stellvertreter. „Gerhard, schau mal! Ich glaube, wir haben einen weiteren Fisch an der Angel: Gregor Edler. Das Mädchen hat ihn erkannt. Erinnerst du dich? Bei dem war doch schon mal die Frage aufgetaucht, ob er was mit Waffenschmuggel zu tun hat. – So, aber jetzt werde ich mir erst mal diesen Martin vorknöpfen und ihm Feuer unterm Arsch machen. Es wäre doch gelacht, wenn wir nicht bald mehr wüssten."

Allerdings erwies sich Martin, der eine führende Rolle unter den Skinheads in Fliederstadt spielte, als ein zäher Brocken, der sich keine Informationen entlocken ließ. Mit dem Vorwurf konfrontiert, gemeinsam mit Gregor Edler den jungen Markus Wagner entführt zu haben, verweigerte er die Aussage. Holger Dombrowski nahm verschiedene Anläufe, kam aber bei dem jungen Mann nicht weiter. Er ließ ihn abführen.

„Himmeldonnerwetter!", schimpfte er. „Uns läuft die Zeit davon, und wir wissen immer noch nicht, wo Markus und der Pfarrer sind. Und das Schlimmste: Wir wissen nicht einmal, ob sie noch leben. Ist die landesweite Fahndung nach Gregor Edler draußen?"

Gerhard Lander, sein Stellvertreter, nickte. „Die ist schon ein Weilchen draußen. Aber bisher gab es keine Rückmeldung. Jetzt ist auch Berufsverkehr. Da ist die Suche nach einem bestimmten Auto wie die Suche nach der Nadel im Heuhaufen."

Holger Dombrowski ballte die Faust. „Ich werde noch wahnsinnig. Hat die Befragung der anderen Skins was gebracht?"

„Nichts, was uns im Augenblick wirklich weiterhelfen würde."

„Was ist mit diesem Siegbert Müller? Hat die Neidling was erfahren?"

Er bat Kommissarin Neidling und ihren Kollegen zu sich. „Nun? Bringt dieser Mensch Licht ins Dunkel?"

„Er will nichts sagen. Aber er hat mit der Sache zu tun. Er war gestern Abend weg, obwohl er und seine Frau uns weismachen wollten, sie seien den ganzen Abend zu Hause gewesen. Als ich sie auf den warmen Motor ihres Wagens ansprach, hat sie sich verplappert. ‚Siegbert, ich habe dir immer gesagt, das geht nicht gut.' Der Kerl ist angeschlagen. Irgendwann macht er den Mund auf." Auch Kriminalhauptmeister Kloth war der Stress dieser Nacht anzusehen.

„Holen Sie mir diesen Menschen hierher!" Eine Minute später stand ihm Siegbert Müller gegenüber.

„Nehmen Sie Platz, Herr Müller." Holger Dombrowski sah den Maurer grimmig an. „Herr Müller, wir sind mittlerweile ein gutes Stück weiter. Ich will Ihnen sagen, was passiert ist. Gregor Edler und dieser Martin haben Markus Wagner geholt und in die Villa gebracht. Später haben Sie Pfarrer Krieger geschnappt, der den Jungen gesucht hat. Sie und Ihre Komplizen haben beide umgebracht, und ich nehme an, dass Ihre Kameraden gerade dabei sind, die Leichen zu beseitigen. Herr Müller" – hier wurde seine Stimme laut und scharf –, „ich beschuldige Sie des Mordes bzw. der Beihilfe zum Mord und der Mitgliedschaft in einer terroristischen Vereinigung. Haben Sie noch etwas zu sagen, bevor ich Sie abführen lasse?"

Holger Dombrowskis Taktik ging auf. Unter der Wucht dieser Anschuldigungen brach der Kirchengemeinderat zusammen. „Wir haben sie nicht umgebracht. Nein, nein, das stimmt nicht. Ich war in der Villa. Das ist wahr. Aber wir haben sie nicht umgebracht. Ich will nicht, dass beiden etwas passiert." Er bekam einen Weinkrampf.

„Wo sind beide jetzt?", donnerte ihn der Hauptkommissar an.

„Martin und ich bekamen die Anweisung, nach Hause zu fahren. Ich nehme an, dass die anderen drei zu Paul gefahren sind."

„Paul Schmitthenner?"

„Ja." Der Maurer nickte.

Der Beamte vom Landeskriminalamt sah seinen Kleinstadtkollegen anerkennend an. „Nicht schlecht, Ihr Instinkt, Kloth."

Dann ließ er nach Reutlingen telefonieren. Paul Schmitthenner sei sofort zu verhaften. Es dauerte einige Zeit, bis die Meldung kam, Paul Schmitthenner sei verschwunden.

Hauptkommissar Dombrowski stöhnte auf und barg das Gesicht in den Händen.

22. Sicherheitsabstand

Was ist, Markus? Versuchen wir ein wenig zu schlafen? Wer weiß, was wir heute noch alles vorhaben."

Markus nickte und suchte auf seinem Stuhl eine bequeme Position. Aber seine Nerven waren zu angespannt, als dass er hätte schlafen können.

Meinhard Krieger versuchte seine Gedanken zu ordnen. Über ihre Lage machte er sich keine Illusionen. Aus dem fensterlosen, abgesperrten Raum zu fliehen, war unmöglich. Die Idee, sich hinter der Tür zu verstecken und einen eintretenden Entführer zu überwältigen, verwarf er wieder. Das Risiko war viel zu groß. Ihr Leben hing an einem seidenen Faden. Eine Bande, die Pistolen und Handgranaten hortete, dürfte keine Hemmungen haben, ihn und den Jungen zu töten, nach allem, was vorgefallen war. Bei dem Gedanken, dass er seine Frau und seine Kinder vielleicht nie mehr wiedersehen würde, schoss ihm das Wasser in die Augen.

Er betete im Stillen und legte sein Leben, das seiner Familie und von Markus in Gottes Hand. Noch nie hatte er so tief verstanden, was es heißt, in Gottes Hand zu stehen.

Er spürte, wie seine Angst nachließ. Sie war noch da, aber sie wurde überlagert von einem eigenartigen Frieden. Er holte tief Luft und versuchte, etwas Schlaf zu finden.

Ob und wie lange er geschlafen hatte, konnte er später nicht mehr sagen. Er hörte das Geräusch des Schlüssels in der Tür und war mit einem Schlag hellwach.

„Guten Morgen, die Herren“, sagte der Eintretende.

Meinhard Krieger stieß einen Ruf der Überraschung aus. Es war der Rechtsanwalt Werner Prokop. In seiner Hand war eine schwere, vernickelte Pistole, auf ihrem Lauf saß ein Schalldämpfer.

„Dr. Prokop! Stecken Sie hinter allem?“

Der Rechtsanwalt nahm einen Stuhl und setzte sich in einigem Abstand seinen Gefangenen gegenüber, die Pistole auf sie gerichtet. Er sah Meinhard Krieger an.

„Ich könnte die Frage zurückgeben. Den meisten Ärger in den letzten Monaten haben nämlich Sie mir gemacht, Herr Krieger.“

Meinhard Krieger schwindelte es. Mit allem hatte er gerechnet, aber nicht damit, dass der Fliederstadter Anwalt sein unsichtbarer Gegner gewesen war.

„Ich habe Ihnen Ärger gemacht? Diese Behauptung ist ja ein starkes Stück! Wer von uns beiden wird denn mit einer Pistole bedroht?“ Meinhard Krieger lachte bitter auf.

„Sie haben seit Februar meine Kreise gestört. Erst überraschen Sie meine Männer an der Autobahn, als sie einen gefährlichen Abweichler beseitigen wollten. Als ob das nicht genug wäre, begegnen Sie dem Anführer der Gruppe noch einmal und benachrichtigen die Polizei. Was ich bei dieser Gelegenheit doch gern wissen würde: Hatte Ihre Predigt über Kain und Abel eigentlich damit zu tun?"

Meinhard Krieger schüttelte den Kopf. „Nein, die Predigt und das Wiedersehen mit diesem großen Kerl in dem Auto hatten nichts miteinander zu tun. Das heißt, vielleicht steckt doch eine göttliche Regie dahinter."

Der Rechtsanwalt zog eine Grimasse. „Lassen wir Gott aus dem Spiel. Ich finde Sie viel interessanter und für mich auch wichtiger. Um weiter Ihr Sündenregister aufzuzählen: Da setzen Sie mit der Ihnen eigenen Sturheit eine Gedenktafel für Juden durch und ziehen den Bürgermeister und die Mehrheit des Gemeinderats auf Ihre Seite, und das direkt vor meiner Nase. Als ob das der Geschmacklosigkeiten noch nicht genug wäre, erweisen Sie und Ihre entzückende Familie sich als Türkenfreunde. Zum Schluss dringen Sie in die Villa ein und entdecken meine kleinen Geheimnisse. Herr Krieger, ich habe allen Grund, mit Ihnen böse zu sein."

„Gehört Ihnen die Villa?"

„Nein. Dieses Objekt wäre mir zu teuer in Anschaffung und Unterhaltung. Sie gehört einer Erbengemeinschaft, deren Teile in Belgien, der Schweiz und Neuseeland sitzen und sich partout nicht einigen können, was sie mit dem Haus machen sollen. Also haben sie es mir zur Verwaltung anvertraut, mir einen Hausschlüssel gelassen und die Erlaubnis gegeben, es gelegentlich zu nützen, solange ich nichts am Gebäude ändere. Dieser große, alte Kasten war mir schon sehr nützlich."

Meinhard Krieger spürte, wie Wut in ihm aufstieg. „Sie

sind also der Hintermann der ‚nationalen Bewegung', von der mir Markus erzählt hat. Ich gebe zu, das hätte ich nicht erwartet."

„Nun, Herr Krieger, es gibt mittlerweile sehr viele national gesinnte Gruppen. Ich schmeichle mir aber, eine der wichtigsten anzuführen. Eines Tages werden wir Deutschland regieren. Allerdings werden Sie das nicht mehr erleben." Er sah den Pfarrer höhnisch an.

„Was haben Sie mit uns vor?" Meinhard schluckte. Er spürte, wie die Angst wieder in ihm aufstieg. Seine Hände zitterten.

„Zu meinem Bedauern muss ich Sie beide liquidieren. Sie am Leben zu lassen, wäre ein zu großes Risiko. Was glauben Sie, welchen Aufwand es mich kostet, einerseits meine politischen Ziele zu verfolgen, andererseits jedoch der allgemein geschätzte Rechtsanwalt zu sein, dem keiner so etwas zutrauen würde."

Meinhard zögerte und suchte fieberhaft nach einem passenden Argument. „Herr Prokop, wenn Sie uns umbringen, gehen Sie doch ein viel größeres Risiko ein. Man wird uns suchen und Ihnen auf die Schliche kommen, mag es kürzer oder länger dauern."

„Ach, was würden Sie mir denn vorschlagen? Soll ich Sie laufen lassen, und Sie geben mir Ihr Ehrenwort als Pfarrer, dass Sie schön brav den Mund halten?", spottete der Rechtsanwalt. „Nein. Sie haben Ihre Nase zu tief in meine Angelegenheiten gesteckt. Nun haben Sie die Konsequenzen zu tragen."

„Lassen Sie wenigstens Markus laufen. Ich bitte Sie!"

Werner Prokop schüttelte den Kopf. „Das haben Sie verhindert, Herr Pfarrer. Meine Männer mussten Markus etwas härter rannehmen, um gewisse Informationen zu erhalten. Die Wunden, die Markus dabei abbekommen hat, wären wohl nach einiger Zeit verheilt gewesen, und Markus hätte vielleicht sogar den Mund gehalten und nichts ausgeplaudert. Ich war bereit, ihm unter Umständen diese Chance zu geben. Aber Sie Trottel, Sie Beschützer der Witwen und Waisen, mussten ihn ja unbedingt suchen. Nachdem Sie entdeckt haben, was in der Villa vor sich geht, und auch noch Ihrem Herrn Kirchengemeinderat, diesem Pechvogel, begegnet sind, habe ich keine Wahl mehr. Sie und der Junge sind dran auf Nimmerwiedersehen."

Meinhard Krieger sah vor seinem inneren Auge wieder das blutige Gesicht auf dem Autobahnparkplatz. Ihn schauderte es. Der Rechtsanwalt schien seine Gedanken zu erraten.

„Seien Sie beruhigt, Herr Krieger. Ich werde nicht zulassen, dass irgendwelche jungen Männer Sie mit ihren Springerstiefeln zertreten. Das würde auch zu lange dauern. Ich werde diese Pistole hier benutzen. Im selben Augenblick, in dem Sie den durch den Schalldämpfer abgeschwächten Knall hören, werden Sie auch schon tot sein. Danach dürfen Sie und Ihr junger Freund noch eine kleine Reise als Leichen antreten. Ich kenne da einen Platz im schönen Hessen, wo man Sie gewiss nicht so schnell finden wird. Sollte Ihr Gott tatsächlich existieren, wird er Sie sicherlich freundlich empfangen."

„Mein Gott ist auch Ihr Gott, Herr Dr. Prokop, und er sieht, was Sie tun. Und Sie tun Unrecht! ‚Mein ist die Rache, spricht der Herr.'" Meinhard Kriegers Unterlippe zitterte, als er das Bibelwort zitierte.

Der Rechtsanwalt lächelte. „Es ist gut, dass Sie einen so

festen Glauben haben. Sie werden ihn noch brauchen. Aber ich habe Sie nicht zum Predigen hierher gebracht. Außerdem glaube ich nicht an Gott."

„Und wie ist das mit ‚Wotan statt Jesus'?"

Dr. Prokop machte eine abwehrende Handbewegung. „Ich weiß, dass man das an Ihre Kirche geschrieben hat, doch das geht nicht auf meine Anordnung zurück. Viele unserer Kameraden sind allerdings an einer Wiederbelebung der germanischen Religion sehr interessiert. Ich hindere sie daran nicht, denn es ist grundsätzlich richtig, sich auf die alten, völkischen Wurzeln zu besinnen. Und dieser jüdische Schwächling Jesus hat mir noch nie gefallen. Überhaupt, was ist das für eine Religion, in der ständig von Schuld und Vergebung gefaselt wird? Da haben die germanischen Götter doch etwas mehr Saft und Kraft. Die haben wenigstens ein Herz für die Krieger. Aber wie ich Ihnen schon sagte, persönlich bin ich nicht religiös. Wotan oder Jesus, mir sind beide egal. Mir geht es um Politik. Mir geht es um unser Volk. Mir geht es um Deutschland."

„Herr Prokop, wir leben im 21. Jahrhundert. Ihr Nationalismus hat sich überlebt. Sie sind ein politischer Dinosaurier."

Meinhard Krieger dachte angestrengt nach. Er wollte diesen Rechtsanwalt in ein möglichst langes Gespräch verwickeln. Er war sich sicher, dass die Polizei ihn und Markus seit Stunden suchte. Jede Minute, die er diesem Mann abtrotzte, konnte die entscheidende sein, die ihr Leben rettete.

Der Rechtsanwalt lächelte spöttisch. „Dinosaurier sind sehr große Tiere, und immerhin haben sie die Erde über Jahrmillionen hin beherrscht. Das sollten Sie nicht vergessen. Aber Sie irren. Der Nationalismus hat sich nicht überlebt. Schauen Sie doch in das ehemalige Jugoslawien. Kaum war Tito, dieser Narr, tot, zerfiel sein Staat in lauter nette kleine Nationalstaaten, mitten im modernen Europa. Die Menschen wollen nicht in einem großen Mischmasch leben. Sie suchen das Vertraute, also die Menschen, die sie kennen, deren Sprache sie sprechen und deren Denkweise ihnen vertraut ist. Ist Ihnen bekannt, dass in Bayern eine Partei existiert, die für ein von Deutschland unabhängiges Bayern eintritt? Ich gebe allerdings zu, dass mich dieser Gedanke stört. Zu meinem Deutschland gehört Bayern dazu."

„Wir leben in einem Europa, das zusammenwächst. Es mag in diesem Prozess Probleme geben, aber er ist unumkehrbar. Jedem denkenden Menschen ist das klar." Meinhard fragte sich, was er da eigentlich zusammenredete. Aber Hauptsache, er hielt irgendwie das Gespräch in Gang.

Der Rechtsanwalt zog seine Mundwinkel nach unten. „Ach, wissen Sie, das mit dem vereinten Europa geht auch nur so lange gut, solange die politischen Umstände einigermaßen erträglich sind. Sie schauen mich so skeptisch an, Herr Krieger. Glauben Sie mir, ich habe recht. Zu tief und zu alt sind die Gegensätze zwischen den europäischen Völkern. Sind Sie so blind, das nicht zu erkennen? Oder schauen Sie beispielsweise nach Afrika. Warum haben sich Hutus und Tutsis gegenseitig abgeschlachtet und nicht friedlich zusammen in Ruanda gelebt? Ich könnte Ihnen noch mehr Beispiele nennen."

„Es dürfte auch Ihnen nicht entgangen sein, Herr Rechtsanwalt, dass wir im Zeitalter der Globalisierung leben. Die Welt rückt zusammen. Dieser Prozess ist unaufhaltsam."

Werner Prokop ärgerte sich über diesen Einwand. „Herr Krieger, sind Sie wirklich so naiv? Schauen Sie doch genau hin. Derzeit besteht die Globalisierung im Wesentlichen darin, dass einige große, internationale Konzerne die Welt unter sich aufteilen, und die Vereinigten Staaten von Amerika achten mit Luchsaugen darauf, dass ihnen dabei der Löwenanteil zufällt. Jeder versucht seine Schäfchen ins Trockene zu bringen. Einer gegen den anderen. So hat die Geschichte schon immer funktioniert."

„Gut, Herr Prokop, was die Konzerne betrifft, mögen Sie recht haben. Aber die moderne Technik verbindet die Menschen über Grenzen hinweg. Außerdem müssen die Menschen auf der Welt zusammenarbeiten. Es gibt Probleme, die nur international gelöst werden können."

Mein Gott, dachte Meinhard. Ich rede wie einer im Fernsehen.

„Sie machen sich, Herr Pfarrer", höhnte der Rechtsanwalt, „langsam wird Ihre Argumentation besser. Sie haben Recht. Es gibt sogar riesige Probleme. Die Weltbevölkerung wächst unaufhaltsam, die natürlichen Ressourcen werden weniger, die Umwelt ist in einigen Bereichen irreparabel geschädigt usw. Die Menschen wissen das, oder sie ahnen es zumindest. Sie haben Angst. Und genau das ist der Punkt. Glauben Sie, dass die Mehrheit der Weltbevölkerung untätig zuschauen wird, wenn einige wenige Länder und Konzerne ihnen vorschreiben wollen, wie die Probleme zu lösen sind, und sie genau wissen, dass ihnen dann nur der klägliche Rest vom großen Kuchen bleibt? Nein, Herr Krieger! Warum radikalisiert sich der Islam? Warum sind einige Länder so ungemein scharf darauf, Atombomben und andere Massenvernichtungswaffen in die Hand zu bekommen? Ich will Ihnen etwas sagen: Diese Welt geht einer großen Auseinandersetzung entgegen."

Meinhard Kriegers Hirn lief heiß. Er war jetzt seit mehr

als vierundzwanzig Stunden auf den Beinen. Er war an der Grenze seiner Kraft. „Und wie wollen Sie das verhindern mit Ihrer nationalen Bewegung?"

„Sie haben immer noch nicht verstanden, Herr Krieger. Ich kann es nicht verhindern. Aber ich werde dafür sorgen, dass Deutschland stark ist und in dieser Auseinandersetzung nicht unter die Räder gerät. Ich prophezeie Ihnen: Je schwieriger alles wird, desto mehr werden sich die Menschen bei uns daran erinnern, dass sie Deutsche sind und ihre eigenen Interessen haben. Ich will es ganz einfach sagen, dass auch Ihr schlichtes Christenhirn es begreift: Im Zweifelsfall ist einem das Hemd näher als die Hose. Darum bin ich Nationalist, und die Zukunft wird meiner Bewegung gehören. Nicht Ihnen und der Kirche!"

Er atmete tief durch und sah seinen Gefangenen scharf an. Die Diskussion hatte ihn erregt.

Der Pfarrer unternahm einen neuen Anlauf. „Glauben Sie im Ernst, dass die Menschen in unserem Land Ihnen folgen werden nach allem, was im Dritten Reich geschehen ist?"

Werner Prokop lachte kurz auf und schnaubte dann verächtlich durch die Nase. „Kommen Sie mir doch nicht mit diesen alten Geschichten! Das ist Vergangenheit. Mehr und mehr Deutsche sehen das genauso. Daran wird auch Ihre lächerliche Gedenktafel nichts ändern. Erinnern Sie sich an die Leserbriefe im Frühjahr? ‚Wie lange will man Deutschland bei seiner Schuld behaften?' Glauben Sie ja nicht, dass ich auch nur einen dieser Briefe lanciert habe. Das musste ich gar nicht. Ich konnte mich ganz entspannt zurücklehnen und die Entwicklung der Debatte verfolgen. Ich habe mir sagen lassen, dass es mittlerweile auch christliche Literatur gibt, in der man über ein positives Nationalgefühl nachdenkt. Im Jargon dieser Leute heißt das ‚versöhnt mit der deutschen Vergangenheit leben'. Glauben Sie mir, dass die entsprechenden Leute in unseren Kreisen solche Entwicklungen mit Interesse und – das werden Sie uns sicher nachfühlen – mit Sympathie zur Kenntnis nehmen.

Herr Pfarrer, machen Sie sich eines klar: Menschen Ihrer Denkweise haben sich überlebt. Sie sind der Dinosaurier mit Ihrem Jesusjuden und dem ständigen dummen Gerede von Schuld und Vergebung und dieser penetranten Erinnerung an die Vergangenheit. Wie nannte Sie dieser Leserbriefschreiber? Einen ‚berufsmäßigen Erinnerer' oder so ähnlich. Recht hat der Mann."

Die beiden Männer fixierten sich. Markus hatte die ganze Zeit geschwiegen. Der Rechtsanwalt sah auf die Uhr.

„Herr Krieger, unser Plauderstündchen ist zu Ende. Es war mir ein Vergnügen. Lassen Sie mich sagen, dass ich Sie nur ungern umbringe. Trotz aller Gegnerschaft habe ich Sie respektiert."

„Wie komme ich dazu?" Meinhard Krieger hoffte inständig, dass sich der Anwalt mit der Durchführung seiner Drohung noch Zeit ließ.

„Nun, Herr Krieger, Sie sind ein Mann von Bildung, Sie können gut reden, Sie wissen, was Sie wollen, und Sie haben die Fähigkeit, sehr beharrlich Ihre Ziele zu verfolgen. Schade, wirklich schade, dass Sie nicht auf meiner Seite sind. Sie würden es weit bringen."

„Da sei Gott vor!", rief Meinhard Krieger.

„Den gibt es nicht!", widersprach Werner Prokop.

Der Rechtsanwalt platzierte die Pistole etwas besser in seiner Hand und stand auf. „Meine Herren, es wird Zeit. Gehen Sie zur Tür hinaus."

„Moment, bitte, eine Frage habe ich noch. Warum musste Markus das Haus von Familie Demir anzünden? Warum gerade dieses Haus? Das sind völlig säkulare Türken und keine radikalen Muslime. Familie Demir ist doch ausgezeichnet in Deutschland integriert."

Der Rechtsanwalt machte ein angewidertes Gesicht. „Türken sollen sich in die Türkei integrieren. Da ist es mir egal, ob sie in Jeans herumlaufen oder aussehen wie Ali Baba und die vierzig Räuber. Das hier ist unser Land. Für diese Familie habe ich mich entschieden, weil da die ganze Sache versprach, sehr einfach zu werden. Und ich wollte ja unseren jungen Novizen" – ein verächtlicher Blick traf Markus – „nicht gleich mit zu großen technischen Schwierigkeiten überfordern. Den Brand zu legen, hat er ja auch ganz gut geschafft. Aber danach hat er uns verraten. Nun, er wird dafür bezahlen. Wie Sie auch, Herr Krieger."

„Aber warum Markus? Sie haben doch genug Leute, die das hätten tun können. Warum ein so junger Bursche?"

„Können Sie sich das nicht denken, verehrter Herr Krieger?" Dr. Prokop sah verärgert aus. „Zwei Gründe hatte ich, Markus mit dieser Sache zu beauftragen. Erstens hatte ich einige Hoffnung in diesen jungen Mann gesetzt. Ich wollte wissen, wie gut seine Nerven sind und wozu er taugt. Der andere Grund ist der: Je tiefer einer in eine Sache verstrickt ist, oder um es in Ihrer Sprache zu sagen, je mehr Schuld einer sich aufgeladen hat, desto schwerer kommt er aus allem wieder raus, weil das Risiko für ihn immer größer wird."

„Sie sind ein eiskalter Zyniker!", rief Meinhard Krieger empört. Markus sagte nichts, aber Meinhard Krieger hörte ihn heftig atmen.

„Es ist mir egal, wofür Sie mich halten, Herr Krieger. Sie

haben Ihre Ansichten, ich habe meine. Aber jetzt ist meine Geduld zu Ende. Stehen Sie endlich auf und gehen Sie zur Tür!"

Meinhard Krieger sprach im Stillen ein Stoßgebet und erhob sich langsam von seinem Stuhl. Auch Markus stand auf, bleich, mit zusammengekniffenen Lippen. Sie gingen zur Tür, erst Meinhard Krieger, hinter ihm Markus, dann folgte der Rechtsanwalt.

Werner Prokop dachte nach. Am besten war es, sie in den übernächsten Raum zu bringen, wo die anderen waren. Er mochte den Mord nicht allein begehen. Zumindest Paul sollte einen der beiden Gefangenen übernehmen, und die anderen sollten dabei sein. In seinen Gedanken achtete er einen kurzen Moment nicht auf den Sicherheitsabstand zwischen sich und Markus. Aber Markus registrierte es. In einer blitzschnellen Bewegung drehte er sich um und schlug Prokop auf den Arm. Der schoss, aber der Schuss ging schräg nach unten in den Türrahmen, und die Pistole fiel auf den Boden. Reflexartig bückte sich Meinhard Krieger und hob sie auf.

„Geben Sie mir die Waffe!", brüllte Werner Prokop und machte einen Schritt auf Meinhard Krieger zu. Der schoss zweimal. Der Rechtsanwalt sah ihn einen Augenblick lang ungläubig an und brach dann auf dem Boden zusammen. Auf seinem Bauch erschien ein roter Fleck.

„He, Chef, was ist los?", hörte man eine Stimme und dann die Schritte mehrerer Männer. Meinhard Krieger trat in den Gang und hielt die Waffe auf die Männer gerichtet.

„Keine Bewegung, ich schieße!", schrie er.

Die Männer blieben stehen. Dann versuchte einer, in den Raum zu entweichen, aus dem er gekommen war. Meinhard

Krieger schoss ohne Zögern wieder. Der Schuss ging wenige Zentimeter vor dem Mann in den Boden. Die Männer hatten genug. Langsam hoben sie die Hände.

„Markus, such ein Telefon und wähle die 110. Sag der Polizei, dass sie Fliederstadt benachrichtigen sollen," befahl Meinhard Krieger. „Außerdem brauchen wir einen Notarzt."

„Ja, aber wo zum Kuckuck sind wir?", rief der junge Mann.

„Also", forderte der Pfarrer die Männer auf, „wo sind wir hier?"

Als sie mit der Antwort zögerten, schoss er erneut. Die Kugel ging in Hüfthöhe nur wenige Zentimeter an Gregor Edler vorbei und beschädigte die rechte Wand. „Oben neben dem Telefon liegt ein Brief, der hier angekommen ist. Da kannst du die Adresse sehen, Markus." Gregor Edlers Stimme war heiser, sein Gesicht totenbleich. Markus lief einen Stock höher.

Meinhard Krieger umklammerte die Pistole und fixierte seine Gegner. Es kam ihm wie eine Ewigkeit vor, bis Polizei und Notarzt eintrafen, obwohl es tatsächlich nur einige Minuten dauerte. Als die Handschellen klickten und er die Waffe einem Polizisten übergab, brach er ohnmächtig zusammen.

23. Eine gute Nachricht

Langsam ging Meinhard Krieger über den Friedhof. An dem Grab von Hans Schlotterbeck blieb er stehen. Lange betrachtete er das hölzerne Kreuz.

„Alter Freund, du fehlst mir. Wie gerne säße ich jetzt an deinem Tisch und würde zusammen mit dir und deiner Bärbel das Wohnzimmer vollqualmen. Ich hätte einiges mit dir zu besprechen.“ Er suchte ein Taschentuch, um sich eine Träne aus den Augen zu wischen.

„Weißt du, alter Freund, ich verstehe noch immer nicht ganz, was da alles passiert ist. Aber dich verstehe ich jetzt. Ich hätte nie gedacht, dass ich jemals in meinem Leben auf einen Menschen schießen würde. Ich, der fromme Christ. Ich, der Pfarrer, der immer wieder vom Frieden spricht. Ich, der ich als Student Friedenslieder gesungen habe. Doch du hast recht gehabt. Manchmal ist es ganz einfach. Verdammt einfach. Du krümmst nur den Zeigefinger, und schon ist es passiert. Du brauchst gar nicht zu überlegen. Eine kleine Bewegung, und schon liegt ein Mensch vor dir.“

Fröstelnd stand er vor dem Grab, nicht nur, weil es kalt war und eine Schicht Neuschnee die Blumen und Kränze auf den Gräbern bedeckte.

„Ich habe den Rechtsanwalt nicht getötet. Gott hat mir diese Schuld erspart. Der Notarzt hat ihn vor dem Verbluten gerettet. Allerdings wird er den Rest seines Lebens im Rollstuhl sitzen müssen.“

Er hörte auf zu reden, weil andere Menschen ein Grab in der Nähe besuchten. Was er Hans Schlotterbeck sagen wollte, sollten andere nicht hören. Schließlich war er wieder allein.

„Juristisch ist die Sache klar. Das hat mir sogar der Staatsanwalt gesagt. Ein Fall von Notwehr, obwohl ich mehrmals geschossen habe. Die anderen Burschen waren auch bewaffnet. Ich werde vor Gericht aussagen müssen und es als freier Mann wieder verlassen. Doch niemals hätte ich gedacht, dass es mir so leichtfallen würde zu schießen. Ist das nicht merkwürdig, Hans? Ich habe in jenem Moment überhaupt nicht nachgedacht, was ich da tat. Ich habe nur abgedrückt."

Er schüttelte unwillkürlich über sich selbst den Kopf. Wieder sah er die Szene in jenem Kellergang vor seinem inneren Auge. Was wäre gewesen, wenn er nicht nur den Rechtsanwalt getroffen hätte? Er mochte nicht daran denken.

Aber der Rechtsanwalt hatte wohl keine Bedenken gehabt, ihn und Markus zu ermorden. Was wäre gewesen, wenn Markus ihm nicht die Pistole aus der Hand geschlagen hätte? Nichts wäre dann besser gewesen. „Mein Gott", sagte er halblaut, „was ist das nur für eine Welt?"

Dann wandte er sich wieder dem Grab zu und führte den imaginären Dialog mit dem alten Freund weiter.

„Bei Markus ist die Sache schwieriger als bei mir, aber er dürfte gnädige Richter finden. Er hat reinen Tisch gemacht. Er bat mich um meine Begleitung und ist mit mir sogar zu den Eltern von Yasmin gegangen. Ich werde mich weiter um ihn kümmern. Trotzdem, Hans, ich bin nicht mehr derselbe wie vorher. Egal, ob ich juristisch gesehen unschuldig bin oder nicht. Ich muss damit leben, mit allem, was geschehen ist. Mit den Schüssen, die ich abgegeben habe, mit den Bildern, die sich meinem Hirn eingeprägt haben. Ich bin mir fremd geworden. Wenn ich vor dem Spiegel stehe, kann ich nicht glauben, dass ich das sein soll.

Wie lange soll dieser Zustand andauern? Ich weiß, dass ich wohl keine andere Wahl hatte, als Markus dem Anwalt die Waffe aus der Hand schlug. Da ging es mir wie dir damals in Russland. Ich weiß sogar, dass ich einem gnädigen Gott gehöre, der Schuld vergibt. Das hast du damals noch nicht gewusst. Trotzdem … Ich glaube, wenn einer das versteht, dann du."

Er drehte sich um und ging langsam wieder nach Hause.

Ein paar Wochen später war der Prozess. Es war der Polizei gelungen, die ganze Organisation von Dr. Prokop zu zerschlagen. Kurz nach dem Prozess klappte Meinhard eines Abends zusammen. Er beantragte bei seiner vorgesetzten Dienststelle zwei Wochen außerordentlichen Urlaub, die ihm gewährt wurden, und machte sich für seine Gemeinde unsichtbar.

Der erste Hauch von Frühling meldete sich, als es bei Kriegers klingelte. Holger Dombrowski vom Landeskriminalamt stand vor der Tür.

„Wie geht es Ihnen – Herr Kollege?", lächelte er, als er im Wohnzimmer stand.

„Bei allem Respekt, Herr Hauptkommissar. Wir sind keine Kollegen. Ich würde nie zum Polizisten taugen. Lassen Sie mich Pfarrer sein. Das reicht mir völlig."

Der Kriminalist lachte. „Hören Sie, ich habe eine gute Nachricht für Sie, und ich wollte es mir nicht nehmen lassen, die Ihnen persönlich zu überbringen. Sie haben uns – wenn auch unfreiwillig – sehr geholfen. Der Innenminister hat sich bei mir sogar persönlich bedankt. Er hätte sich eher bei Ihnen bedanken müssen. Also, bei zweien der Verhafteten hatte die Staatsanwaltschaft eine Belohnung ausgelobt. Ich darf Ihnen 5000 Euro überreichen. Persönlich meine ich, Sie hätten mindestens das Doppelte verdient. Aber Sie wissen ja: Vater Staat knausert immer mehr."

„Ist einer von den beiden Dr. Prokop?", wollte Susanne wissen.

Der Beamte schüttelte den Kopf. „Nein. Dr. Prokop war nicht ganz der große Führer, als der er sich selbst sah und sich Ihnen darstellte. Große Teile seiner Organisation hat er gar nicht gegründet, sondern ein bereits bestehendes Netzwerk übernommen und ausgebaut. Wäre das alles aber noch länger so gegangen, wer weiß, was dann noch alles hätte passieren können. Er hat – das muss ich (wenn auch zähneknirschend) anerkennen – es meisterhaft verstanden, sich zu tarnen. Darum war er auch nicht im Blick des Staatsschutzes."

So richtig konnte sich Meinhard Krieger nicht über das Geld freuen. Es wäre ihm lieber gewesen, er hätte das Geld nicht und alles wäre ihm erspart geblieben.

Als sie bei einer Tasse Tee am Tisch saßen, holte Holger Dombrowski ein postkartengroßes Foto aus seiner Tasche. Das Porträt eines jungen Mannes war darauf zu sehen.

„Kennen Sie diesen Mann, Herr Krieger?"

Meinhard Krieger sah sich das Bild aufmerksam an. Dann schüttelte er den Kopf. „Nein, ich kenne ihn nicht. Wer soll das sein?"

„Doch, Sie kennen ihn, Herr Pfarrer. Das ist Walter Miller. Sie haben ihn kurz vor seinem Tod schwer verletzt an der Autobahn gefunden. Ich will Ihnen etwas von ihm erzählen. Er lebte in der Nähe von Tübingen und geriet in die Kreise des Herrn Dr. Prokop. Am Anfang fand er das wohl alles sehr aufregend, aber dann kamen ihm Zweifel. Das vollends, als er mitbekam, dass die Gruppe, zu der er gehörte, einen Anschlag auf eine israelische Charterfluggesellschaft verüben wollte. Wissen Sie, die EL AL fliegt von Frankfurt aus, aber in der Ferienzeit bringt Arkia Reisegruppen auch von Stuttgart aus nach Tel Aviv. Auf diese Linie sollte ein Bombenanschlag verübt werden. Hier in Baden-Württemberg gibt es eine Telefonnummer, die Leute wählen können, wenn sie aus solchen rechtsradikalen Gruppen aussteigen wollen. Walter Miller hat das getan. Er rief an und erzählte von dem geplanten Anschlag."

„Konnte ihn denn die Polizei nicht besser schützen?", fragte Susanne erregt.

Der Kriminalbeamte schüttelte den Kopf. „Walter Miller hatte wohl sehr viel Angst. Er rief leider anonym an, und wir konnten damals auch nicht rekonstruieren, woher der Anruf gekommen war."

„Woher wissen Sie dann, dass er es war, der den Anschlag verraten hat?"

Dombrowski seufzte unwillkürlich. „Dass er es gewesen sein muss, ist uns erst klar geworden, als wir die Bande nach den Verhaftungen verhört haben. Da war er leider schon lange tot. Vor allem das Verhör von Schmitthenner, das ist dieser große Kerl, den Sie da an der Autobahn gesehen haben" – Meinhard nickte in lebhafter Erinnerung –, „hat uns das gezeigt. Statt dass die Bombe im Flugzeug explodiert, stellt die Polizei einigen Leuten unangenehme Fragen, und Miller verschwindet von der Bildfläche. Klar, dass Prokop und sein Oberkrieger dann zwei und zwei zusammengezählt haben."

Der Hauptkommissar trank einen Schluck Tee und betrachtete wieder das Bild. „Dieser Anschlag wurde tatsächlich vorbereitet. Die Bombe war bereits platziert. Allerdings war alles sehr dilettantisch in Planung und Ausführung. Die israelischen Sicherheitsleute hätten den Sprengsatz bestimmt auch ohne die Warnung von uns entdeckt. Walter Miller wurde inzwischen klar, dass er in höchster Gefahr war. Also verschwand er von der Bildfläche. Er zog in einer Nacht-und-Nebel-Aktion in die Bayerische Rhön. Dort wohnt irgendeine Tante von ihm. Er begann ein neues Leben als guter Bürger.

Er unterschätzte allerdings die Wut und Beharrlichkeit seiner alten Freunde. Vor allem war ihm vermutlich nicht klar, wie vernetzt viele dieser Gruppen sind. Es dauerte einige Zeit, dann hatten Paul Schmitthenner und Konsorten ihn ausfindig gemacht. Den Rest der Geschichte kennen Sie. Ab da sind Sie ins Spiel gekommen. – Nein, nein, behalten Sie das Foto als ein Andenken. Was immer dieser junge Mann auch getan haben mag, er war ein Mensch mit einem funktionierenden Gewissen. Und jetzt darf ich mich verabschieden."

„Meinhard, was machen wir mit dem Geld?", fragte Susanne, als sie später bei einem Glas Wein im Wohnzimmer saßen.

Er sah sie an und war in einem plötzlichen Gefühl froh, dass sie zu ihm gehörte. Ohne sie hätte er die letzten Monate kaum überstanden. Mein Gott, ich liebe diese Frau!, dachte er. Laut sagte er: „Also, ich hätte da eine Idee, Susanne. Einen Teil spenden wir für gute Zwecke, einen Teil bekommen die Kinder aufs Sparbuch."

„Und bleibt dann noch ein Rest?" Sie zog die Nase kraus. „So ein kleines Taschengeld für eine arme Pfarrfrau, die tausend Ängste um ihren Mann ausgestanden hat?"

Er schmunzelte. „Klar doch. Sagen wir mal zweitausend Euro, tausend für deine Ängste, tausend für meine."

„Ja und? Was machen wir damit?“ Sie sah ihn neugierig an.

„Liebe Susanne, darf ich Gerschon Ben Chaim zitieren? ‚Ein Pfarrer, der noch nie im Heiligen Land war? Also, das geht doch nicht. Galiläa muss man gesehen haben.‘ Wir werden Gerschon Ben Chaim in seinem Kibbuz besuchen. Einverstanden?“

Sie nickte und nahm ihn in den Arm. „Natürlich bin ich einverstanden. Wie kannst du nur so dumm fragen!“

Er entwand sich ihrer Umarmung und lächelte. „Liebe Susanne, das Problem ist nur, dass es bis zu dieser Reise noch etwas dauert. Es erhebt sich also die schwerwiegende Frage: Was machen wir in der Zwischenzeit?“

Sie sah ihn an und zog die Stirn in Falten. „Hm, ich weiß nicht. Hast du einen Vorschlag?“

Er nickte. „Ja, den habe ich. Ich lade dich heute Abend zu einem schwäbischen Fünf-Gänge-Menü ein.“

„Mmmh, das hört sich gut an“, strahlte sie. „Und woraus besteht ein schwäbisches Fünf-Gänge-Menü?“

Er grinste. „Aus einem Zwiebelrostbraten und vier Viertele Trollinger.“

Mary Glazener

Der Kelch des Zorns

Ein Roman über Dietrich Bonhoeffer

528 Seiten, Gebunden,
ISBN 978-3-7655-1694-8

Dietrich Bonhoeffer: ein junger deutscher Theologe, Studentenpfarrer in Berlin und ab 1935 Leiter eines Predigerseminars der Bekennenden Kirche. Weil er sich gerade als Christ hier in die Pflicht genommen sieht, schließt er sich der Widerstandsbewegung gegen Hitler an. 1944 wird er verhaftet und schließlich am 9. April 1945 als Beteiligter der Verschwörung des 20. Juli im Konzentrationslager Flossenbürg hingerichtet.

Mehr als zehn Jahre lang sammelte Mary Glazener mit enormem Fleiß Daten, Ereignisse und kleinste Einzelheiten. Unter anderem hatte sie viele Kontakte mit überlebenden Zeitgenossen Bonhoeffers und ihm nahestehenden Menschen, wie z. B. seiner Nichte Renate und seinem engen Freund und Vertrauten Eberhard Bethge. Die Autorin formte aus ihrem Material diesen außergewöhnlichen Roman.

BRUNNEN VERLAG GIESSEN
www.brunnen-verlag.de